雲邊有個小賣部

張嘉佳

目次

繁體版自序

——寫給《雲邊有個小賣部》的讀者

有一些時光，是再也回不去的。無論那裡是悲傷還是希望。這五年的時間裡，我曾經去到高山見過大海，嚮往過，精彩過，也失落過。

從全世界到小賣部，回頭再看，發現我的改變其實是一條回家的路。

我們都曾經是劉十三，住在某個小地方，夢想長大要去很遠的地方。小賣部不會長大，能給的也越來越少，我們一個一個往大城市裡跑。直到在陌生的地方嘗盡各種難堪、找不到依靠，直到那些陪伴過我們的人一一離開，才知道再好看的世界風光都比不上自己來的破地方，我們忽然都懂了劉十三，懂得再美好生活的模樣不過就是雲邊桃樹下，一桌菜一串笑聲，幸福不過就是還能回到王鶯鶯把他帶大的小地方。

我是一個寫字人，一個敘述生活者，我只能寫我看到的，我想你的美好生活肯定跟我不一樣，你有你的山，你的海，有陪伴著你走過困頓不間斷的一縷光。我們活著一天，這些故事就會一段又一段，把這些都結合在一起，破地方生出希望，小賣部成了我們心裡能安頓的地方，世界就有了讓我們眷戀的模樣。

第一章 山野，桃樹，王鶯鶯

「王鶯鶯，為什麼天空那麼高？」
「你看到雲沒有？那些都是天空的翅膀啊。」

1

初夏的屋簷下，劉十三嗑完一捧瓜子，和外婆說：「感覺有人在想我們。」

外婆說：「想有什麼用，不給錢就是王八蛋。」

滿鎮開著桔梗，蒲公英飛得比石榴樹還高，一直飄進山腳的稻海。在大多數人心中，自己的故鄉後來會成為一個點，如同亙古不變的孤島。

外婆說，什麼叫故鄉，祖祖輩輩埋葬在這裡，所以叫故鄉。

山間小鎮，彷彿從土地裡生長出來。大學考完離開故鄉至今，除了過年，劉十三沒有回來過。外婆全名王鶯鶯，自家院門口開了個小賣部，一開幾十年。她穿著碎花短袖，白頭髮攏成一個髻，胳膊藏進袖套，馬不停蹄忙東忙西。

氣溫上升，小賣部啤酒銷路特別好，她壘起一箱箱啤酒，擦擦汗說：「你幹不幹活，不幹活殺了你。」

劉十三惆悵地說：「你們山野之地，我待不下去。」

王鶯鶯說：「保險賣得怎麼樣，掙到錢沒有？」

劉十三歎氣：「掙錢不重要，我那叫創業。」

院中間一棵桃樹，樹底下的王鶯鶯拿起笤帚，嘩嘩掃地，斜眼看著他：「要不這樣，我把房子賣了，支持你創業。」

劉十三抱住她：「外婆，我愛你。」

外婆一腳踢開他：「走走走。」

劉十三問：「中午吃什麼？」

外婆點著捲菸，說：「誰他媽管你飯，出去掙錢。」

六月早蟬，叫聲很細密，若有若無的，像剛起床時的耳鳴。外婆從院門探出腦袋，說：「多掙點，我晚上招待客人，喝兩杯。」

王鶯鶯喝酒，兩杯是打不住的。昨晚她起碼喝了二十杯，醉醺醺地呵斥他：「失戀有什麼了不起的，再找一個不就行了！」

劉十三說：「但我還沒忘記她。」

外婆同情地抱住他的頭，溫柔地說：「人家拋棄你很正常啊，你醜。你忘不掉人家很正常啊，她美。哭吧哭吧外婆疼你，外婆倒楣。」

劉十三掙扎了一下，發現外婆抱得很緊，於是伸手摸到酒瓶一口乾掉，在外婆懷裡睡著了。

外婆應該不記得昨晚發生了什麼，依舊精神矍鑠。劉十三被踹出家門，回頭一望，半棵桃樹高出院牆，門頭掛著破舊的小賣部招牌，背景是遠處的白雲青山。

劉十三無可奈何。前幾天，他還在城市打拚，結果失戀加失業，無比悲傷。王鶯鶯拎著兩壺米酒跑到他住的地方，把他灌醉，拖了回來。

七十歲的老太太，開拖拉機一來一去兩百公里，車斗裡綁著喝醉的外孫。王鶯鶯自己也感慨：「路太顛簸，傻外孫跟智障一樣，一直吐。動不動就下車替他擦。艱難，辛苦。」

劉十三醒來，目瞪口呆地發現，自己居然身在山中小院。千辛萬苦離開故鄉，要打出一片天下，想不到被王鶯鶯用一輛拖拉機拖回雲邊鎮。

這座小院裝著劉十三的童年。放學之後，他問過外婆很多問題。

小孩子問：「王鶯鶯，為什麼天空那麼高？」

老太太回答：「你看到雲沒有？那些都是天空的翅膀啊。」

不知道什麼時候起，很多事情已經很多年。

2

從小到大，外婆為他交學費，而外婆的收入，來自鶯鶯小賣部。打他記事起，外婆就叼著捲菸，開一輛拖拉機縱橫山野，車斗裡載著批發來的貨物。

童年時代，劉十三痛恨外婆的事情數不勝數，最主要的三件：第一，零花錢給得少。第二，麻將打得多。第三，不尊重他的個人夢想。

每次他說「別打麻將了，錢省下來給我，讓我實現夢想」，便招來外婆的質疑：「你才四年級吧，能有什麼夢想？」

劉十三說：「考取清華北大，遠離王鶯鶯，去大城市生活。」

外婆聽到這兒抄起菜刀，追殺一條街。劉十三爬到樹上，嚴肅地說：「王鶯鶯我告訴你，你必須尊重我的夢想。」

外婆說：「想學你媽，不吭一聲往外跑，就不樂意跟我一塊兒過是吧？」

劉十三說：「我不學我媽，我給你寄錢，十萬八萬的小意思！」

外婆一刀劈在樹幹：「我等不到那天，你先把去年的壓歲錢交出來。」

劉十三一愣，哭得撕心裂肺，大喊：「這他媽太不要臉了！我不要念小學了！我要直接考清華北大，我要直接娶老婆生娃！」

十四年前，外婆還會收到信。她不識字，然而也不交由劉十三讀，就和幾件首飾一起，藏在餅乾盒子裡。當時劉十三因為好奇，偷瞄了信封，按照上面的地址，也寫了封回信過去。

他寫得很簡單：你好，我叫劉十三，王鶯鶯的外孫，我們生活得很慘，給點錢花花。

自此，他比外婆更積極地等待回音。

小鎮街道中心，是產銷合作社舊址，後來改成基督教堂。門口豎著郵筒，正對包子鋪。

劉十三斜揹書包，問郵差老陳：「有我家的信嗎？來了你直接給我，別給王鶯鶯。」

老陳問：「為什麼？」

劉十三說：「你年紀大了別問那麼多，我給你分紅。」

劉十三等了一個學期，過年趁著外婆喝醉，打聽對方到底是誰，有沒有可能寄錢。外婆突然哭了，劉十三手忙腳亂，替她擦眼淚，說：「王鶯鶯，你不要哭，我長大了去大城市生活，到時候我給你寄錢。」

老陳死了後，再沒有新的郵差，郵筒也開始看不見，人們很少用鋼筆寫字。無論誰攤開一張信紙，寫上三個字，我愛你，都或許是二十一世紀最後一封情書。

劉十三也寫過一封，四年級暑假補習，夾在女同學程霜的國文課本中，字不多：我覺得你比羅老師好看，吃話梅嗎？

羅老師是班導師，二十多歲的青年女性，程霜的小阿姨。次日上課，她擰著劉十三的耳朵拖進辦公室，和顏悅色地問：「你覺得我好看嗎？」

劉十三斬釘截鐵地說：「醜到爆胎。」

辦公室哄堂大笑，教數學的于老師湊過來問：「那我呢？」

劉十三猶豫了一會兒，說：「羅老師可能要打我了，幫幫我。」

于老師說：「她打你是必然，現在就看我要不要打你。」

劉十三說：「你比她年輕，醜得有限。」

于老師說：「去走廊，貼著牆，站到放學。」

劉十三說：「你不問問我對校長的看法嗎？」

辦公室眾人紛紛停下手中事，目光像探照燈一樣籠罩住他。他吐了口口水，說：「這孫子很沒勁，暑假補習來這麼多人，跟正常上學有啥區別？」

結果他就從教師辦公室被拖進了校長辦公室。

校長倒了杯茶，劉十三舉起來喝，校長震驚地看著他：「這是我給自己倒的。」

劉十三吹開茶葉，嚐了一口，咂咂嘴說：「苦不拉嘰的，有錢人都喝橘子水，那個甜。」

校長敲敲桌子：「十三啊，你情書寫得不行。」

劉十三鄙夷地瞥他一眼：「我把校圖書館的書都看完了，你憑什麼質疑我的文學素養。」

校長嘿嘿一笑，給他一本破爛的書，封面燙了好幾個洞，四個楷體：人間詞話。

劉十三翻了翻，頭顱嗡一聲響，豎排文言文。

校長說：「過幾天我考考你。」

劉十三腦子飛速轉動，說：「一九九七，香港回歸。」

校長說：「你提這茬幹啥？」

劉十三聲色俱厲，大聲說：「香港回歸，天下大同，你這個封建餘孽還在讀繁體字，是想造反嗎！」

校長默默放下茶杯，把書放進劉十三懷裡，撫摸著他的頭髮，認真地說：「你好好讀，用心讀，小鬼，讀不懂老子活活弄死你，滾。」

3

劉十三出生在雲邊鎮，是王鶯鶯的外孫，屬於小賣部繼承人。班上女同學流行寫日記，王鶯鶯專門批發兩箱花花綠綠的日記本，剛開學就賣光了。那些女同學把日記本貼身帶著，好像裡面真的充滿了祕密似的。

劉十三對此不屑，誰有他的本子祕密大。具體來說，不能算是個本子，他用東信電子廠的內部稿紙拼起來的。打開第一頁，是媽媽曾經留給他的話，他一筆一劃抄得仔細：

別貪玩，努力學習。長大了考清華北大，去大城市工作，找一個愛你的女孩子結婚，幸福生活。

自第二頁始，童年劉十三寫下自己的計畫：

背所有課文，背不出來拚命背

學會做應用題
提前閱讀國中課本
期末考試進前十

一行一行，如同一首永遠寫不完的詩。完成其中一條，他就打個勾。

四年級期末考結束，光頭校長在旗竿下擦擦汗，說：「祝大家歡度暑假！」滿場學生一哄而散，校長咂咂嘴：「切，我才說完開場白。」

唯一沒溜走的是劉十三。他劃掉「期末考試進前十」，吹吹筆尖，好像鉛筆是槍管似的，接著添加今天的計畫：一、幫外婆送貨。二、完成作業並背誦二十個單詞。

寫完，劉十三騎上小巧的女式自行車，加速一蹬就往鎮外趕去。

穿過水車石橋，到了香樟夾裹的小道，迎風下坡。在他面前，是廣闊的天，疏淡的雲，流淌的植物海洋。

少年感覺壯美，暗道：我靠，怎麼田裡還有個窟窿。

一望無際的稻穗搖擺，像這片土地耀眼的披肩。臨道一小塊早割的稻田，如同沙發上被燙出的菸洞。

窟窿內戰火紛飛，王鶯鶯支了張桌子正跟三人瘋狂搓麻將，戰友分別是羅老師、毛婷婷和劉十三的小學同桌牛大田。

劉十三暗忖，外婆午間交代，讓他放學了送速食麵到農田，當時不理解什麼含義，以為外婆改行務農，現在發現，原來是她自己訂的貨，可謂自食其果。

打麻將為何要到田裡，稻子為何只收了一小塊，應該是外婆的自由發揮。

劉十三飛馳到麻將桌邊停車。

「五筒！」十一歲的牛大田圓滾滾，蹲坐板凳，胖臉嚴肅，扔牌。

「碰！」王鶯鶯鷹擊長空，爽朗地笑：「十三還是有狗屎運的，你一來我就聽張。」

劉十三沒有抬眼，從車後座的塑膠筐裡拿出泡麵、熱水瓶。他的計畫非常完整，外婆叮囑放學後送貨，任務已經完成，只需要放下貨拿到錢，隨後立刻回家溫習。

想到二十個單詞躺在書上等著他去背，學習是多麼令人快樂，他熱情澎湃。

撕調料包，泡麵，拿土塊壓住蓋子，劉十三一氣呵成。至於眼前的羅老師、牛大田、毛婷婷什麼的，他假裝沒看到。

試想，倘若他打招呼「羅老師好。婷婷姊好。牛大田你放假怎麼不回家？」，勢必有人回「十三你今天怎麼樣？哎喲，又長高啦。我爸我媽在打架我不能妨礙他們」等等，廢話接廢話，無窮無盡，說著說著年華老去。

劉十三不開口，但毛婷婷這個人就很令人生氣，完全沒接收到他散發的訊息。她不肯安靜吃麵，非要打招呼：「十三，你吃過了沒有？」

劉十三只好說了一句：「沒有。」

「那坐下來一起吃？」

毛婷婷扯個紮好的稻草把子，扔地上熱情地拍，示意他來坐：「我分你一半，你喜歡什麼口味的？哦，你們只有紅燒牛肉，你是不是天天吃？」

劉十三長歎一聲，正待細細回答，牛大田也不甘寂寞，捧著泡麵，滾圓的身子往他旁邊咕嚕一拱：「哎，看到那棵樹上的麻雀窩沒有？」

啊？麻雀窩？為什麼要聊麻雀窩？

劉十三剛開始崩潰，羅老師接過了話頭。

「別浪費時間！毛婷婷，輪到你了，你打哪張想好沒有？」

劉十三投去感激的眼神，羅老師微微一笑。她瞭解這位同學，有次看到劉十三從廁所出來，赤裸上身，滿臉通紅。

她當時問：「你跌進了糞坑？」

劉十三顫抖：「我只是忘記帶紙。」

她又質問：「那你居然用衣服！你手裡拿著的不是紙嗎！」

劉十三大驚，抬頭看著她寒聲道：「我在預習國中課程，這可是元素週期表！」

知識之光照徹靈魂，羅老師當場發現自己失去了教師的威信。

經過觀察，羅老師發現了劉十三更多奇異之處，例如他從不玩拍翁仔標，對連環畫嗤之以鼻，家裡坐擁小賣部，卻連個變形金剛都沒有。

羅老師二十年青春，沒見過如此自律的生物，從此對該十歲的少年充滿敬畏，覺得這孩子的童年算是毀了。

當然毀掉的孩子不止一個，此刻跟她一起拚麻將的小胖子牛大田，明明也是四年級，依舊打得一手臭牌，那張五筒丟得毫無靈性，以後絕對不會有什麼出息。

想到這裡，人民教師羅素娟黯然揮手：「十三你回去吧，暑假作業夠不夠？不夠我再給你加點。」

牛大田沒聽清，湊近大喊：「什麼東西？我也要。」

羅老師回：「作業。」

牛大田搖著頭趕緊挪開：「我不要。」

劉十三懇切回答：「你的作業太簡單，我也不要，謝謝老師。」

羅老師心態糟糕，吸口氣摸張牌，隨後就丟：「么雞。」

毛婷婷小聲問：「不是輪到我嗎？」

羅老師一拍桌子，暴怒：「輪到你就輪到你！我把牌拿回來還不行嗎！」

王鶯鶯大叫：「么雞不能收回去！我胡了胡了！」

牛大田狂吼：「玩球！必須收回去！老太婆有三個花！要死人的！」

四人打成一團，劉十三偷偷摸摸一路小跑，奔向女式自行車。挺好的，他們在遙遠的田裡耍麻將，而他會鑽進知識的國度，做個熠熠生輝的王子。

「那我換九條！」

「九條也胡了！給錢給錢！」

劉十三剛走到田埂，背後傳來王鶯鶯的囂叫：「站住！我跟你一起走！」

劉十三猛回頭，稻田裡已經炸鍋，羅老師按住桌板：「不能走，贏了別想跑！」牛大田不依不饒，從其他人的泡麵湯中撈著什麼。毛婷婷則還在思索：「怎麼會有五張九條呢？沒道理的……」

王鶯鶯一溜煙超過劉十三，躍上拖拉機，黑煙冒起：「我到前面路上等你，你快點去搶回桌子。」

話音剛落，拖拉機突突而去。

等劉十三頂著桌子狼狽地跳上拖拉機，再將自行車拉入車斗，天色暗成淡藍，遠處群山如黛，透過墨色林道，能看到鎮上燈光依次亮起，炊煙薰紅了晚霞。

「王鶯鶯，你幹嘛要跟我一起回去？」

「天黑看不清牌。」

「瞎說，我現在還看得清課本。」

劉十三努力在拖拉機車斗中保持平衡，用那張小桌子做試卷。

「你不是還沒吃飯，萵苣筍炒肉，吃不吃？」

「你開穩一點！」劉十三手一抖，把一個三角形畫成了心。

「我這個技術你放心，你知道的，我以前是三八紅旗手。」王鶯鶯大笑一聲，兩腳齊踩，拖拉機如同奔跑的野牛。

車斗中的劉十三頭暈眼花，恍惚看到星辰從天幕依次登場，他想著可能就是閒書上說的幻覺。幻覺很好，作夢也很好，一切遠離現實的都很好。

總有一天，他會忘記泥土的腳感，忘記現在紛飛的草葉。因為他將按照計畫好好學習，三年國中，三年高中，然後上北大清華，到媽媽說的大城市去。

他要看看，那個大城市是不是真的美得不像話，比院子裡那棵桃樹還美，美到去了就再也不想回來。

而現在，暑假開始了。過幾天，劉十三會碰到一個女孩，名叫程霜。

第二章　喂，打劫

童年就像童話，
這是他們在童話裡第一次相遇。

1

從鶯鶯小賣部出發，經過理髮店、澡堂、小白樓，再左拐，河沿石板路走一段，電影院旁邊就是羅老師租的房子。

當初羅老師抵達小鎮，學校安排她住教師宿舍。此人比較時髦，說要建造自己的烏托邦。沒過幾天，選中原先油漆店的鋪子，搞咖啡廳失敗，搞酒吧失敗。她鍥而不捨，導致賠個精光，房子租約沒到期，索性住在那兒，把吧台當成床頭櫃。羅老師痛定思痛，回到常規思路，最後搞個補習班，總算苟活了一門副業。

無論羅老師如何看待他，童年的劉十三還是想親近她的。CD播放機，名牌運動鞋，讓羅老師與眾不同。劉十三為了提前適應城市氣息，也參加了這傢伙的補習班。

暑假第一天下午，補習的孩子們按時報到，可惜老師不見了。教室裡電風扇開著，吱吱嘎嘎，隨隨便便吹動熱風，孩子的皮膚在初夏氣息中沁出薄汗。劉十三和牛大田面面相覷，一個無法學習，一個無法玩耍，百無聊賴。

「羅老師失蹤了？」

「我們要不要報告王鶯鶯？」

「報告我外婆幹什麼？人失蹤了就要報警。」

「報警沒有找你外婆快，鎮上不管出啥事，第一個來的總是你外婆。」

「我外婆的責任心太重了，大家怎麼不選她做鎮長，做鎮長能掙好多錢。」

兩人交頭接耳，不時偷看窗外，怕萬一羅素娟突然出現。羅素娟的教學水準不好評價，體罰水準應該能拿金牌的。

兩人偷看到不知道第幾次，偷看到牛大田都睡著了，羅老師總算經過了窗前。

劉十三心道，回來就回來，為何走得如此蕩漾。前天從鶯鶯小賣部拿了百雀羚霜，替她帶到學校，她還沒結帳，這次下課一定不能忘記，好讓她感受遲到的殘酷。

羅老師恬不知恥，進門就給自己鼓掌：「同學們，讓我們熱烈歡迎新同學的到來！」

劉十三循聲望去，門口的陽光被柳條切碎，金線勾出小女孩的身影。羅老師的掌聲並不停歇：「我外甥女，重點小學三好學生，嚇死你們。」

小女孩走近，笑吟吟望著一群土鱉同學。

她的笑很清爽，聲音也好聽：「大家好，我叫程霜。」像冰過的西瓜喀嚓碎了，脆涼脆涼，自大家耳邊淌過。

劉十三稚嫩的心揪了揪，人生第一次感到慌張，趕緊踢踢牛大田。小胖子擦擦口水醒來，模模糊糊看到台上女生，騰地起立：「趙……趙雅芝！」

他越來越激動，不停推搡劉十三：「你快看，她像不像趙雅芝！像不像程淮秀！」

劉十三趕緊小聲勸慰：「像的像的，你不要激動……你怎麼哭了？」

牛大田淚花四濺：「你說我還念什麼書！娶了她我就是乾隆！」

程霜笑嘻嘻地說：「謝謝同學們的熱情，我來自上海，是羅老師的外甥女，很高興和大家一起度過這個暑假。」

全場只有牛大田站著，他莫名其妙開始自我介紹：「我……我叫牛大田……耕田的牛，耕田的田……」說著說著哭到撕心裂肺，「我也不想名字這麼傻……還不是我爹沒文化……」

劉十三束手無策，牛大田情緒的複雜已經超出他的見識。

羅老師推開小胖子，說：「程霜你就坐那兒吧。」

劉十三就這樣，看著小女孩像夢境一般，馬尾辮，眉清目秀，向他走過來。

毫無疑問，劉十三認為，這場面會銘記一生。

二〇〇三年的夏天，他們都是四年級。童年就像童話，這是他們在童話裡第一次相遇。

窗外蟬兒鳴叫，屋內扇葉轉動，課文朗讀聲隨風去向山林。

2

程霜愛吃啥，家裡幾口人，看什麼動畫片，玩不玩塑膠小兵，這些劉十三和牛大田都想知道。他們以為自己是大雄，而程霜是上天派來的溫柔靜香。

沒想到程霜的角色，原來是胖虎。

「打劫！」

程霜站在石橋上，橋下流水淙淙，小女孩扛著一根掃把，再次重申：「喂，打劫！」

石橋基本是大家必經之路，補習的同學們被一網打盡。膽小的蹲著抱頭，牛大田環顧一圈，鼓起勇氣指著小女孩說：「你不能這樣，你這樣是錯誤的！」

小女孩用掃帚戳他的胸口：「那你想怎麼樣？」

牛大田被戳得連連後退，奮力組織語言：「你這樣犯法，做人需要一定的禮儀，心地善良才會得到我們的尊敬……」

小女孩繼續戳他：「我就犯法了，你打算怎麼樣？」

牛大田張大嘴巴，憋了半天，說：「我打算原諒你。」說完，就抱著頭蹲下來，和其他的同學一起屈服了。

剛走到橋上的劉十三來不及逃跑，結結巴巴：「程……程霜，你幹什麼？」

程霜拿掃帚畫個半圓：「你看不出來嗎！我在打劫！」

劉十三更結巴了：「為……為……為什麼？」

為什麼一個外地人在山裡這麼囂張？為什麼本鎮小孩都這麼配合？劉十三悲憤地俯視橋面，鋪滿水槍、彈珠、《水滸傳》卡片……全是程霜繳獲的戰利品。

劉十三再看程霜，已經沒有半分美貌，滿臉寫著「侵略者」三個字。

程霜說：「你也別難過，我比你更不好受。小阿姨拿走了我所有零花錢，我只好犯罪了。」

劉十三含著眼淚：「你們城裡人都這樣嗎？」

程霜歎口氣：「也不全是，我比較厲害一點。你的問題我回答了，給錢。」

劉十三抽抽搭搭掏書包：「多少？」

程霜：「五塊。」

劉十三數了數，掏出五塊紅薯乾，小心地放在程霜手掌上。

劉十三：「你慢點吃，我外婆做的，可好吃了。」

程霜怒不可遏，往嘴裡塞了一塊紅薯乾，發現咬不動，不死心，攥著拳頭用力嚼，馬尾辮跟著晃，說話含混不清：「我要的是錢！不是紅薯乾！可惡！完全嚼不動！」

程霜勃然大怒，同學們瑟瑟發抖，劉十三趕緊勸慰：「要不你先放他們走，我明天給你弄點錢。」

程霜說：「真的嗎？」

劉十三想了想，拿出小本子，端端正正寫下一行字：明天給程霜錢。

劉十三說：「這個本子上記下來的事情，我都會做到。」

程霜狐疑地翻看，邊看邊嘖嘖有聲。劉十三閉緊雙眼，感覺程霜在肆虐他內心的花園。

最後程霜還是信了，眉開眼笑說：「那我明天還在這裡等你。」

劉十三還小，他不知道反派的信任多麼難得，第二天下課，他果斷辜負了程霜。

程霜觀察他捧著的東西，遲疑地問：「這是什麼？」

劉十三介紹：「這是我外婆煮蕎麥糊的鐵鍋，少說也有五斤重，是值錢的好東西。」

程霜舉不起鐵鍋，只好梆梆敲著：「你不是在本子上寫了要給我錢嗎？難道那不是個神聖的本子嗎？」

劉十三嚴肅地說：「當然神聖了，所以那條承諾沒有劃掉。我認真搞錢了，王鶯鶯不給，弄來這口鍋我已經盡力。如果你不滿意，我再想辦法。」

3

全鎮稱得上美的女性，對劉十三來說，原本有兩個。

首先羅老師，五官不算標緻，幸虧氣質優秀，大學生底子在那兒，比起村姑依然強一點。羅老師就像鎮上唯一的蛋糕坊，洋土結合，已經開創出獨特風格。

其次毛婷婷，公認全鎮第一美人。她的故事人們私下聊過許多，父親搞運輸，卡車夜間開山路，翻下去沒救活。母親哭了半年，上吊了。她只好輟學，用祖傳老屋開了間理髮店，拉扯親弟弟長大。劉十三迎來這個暑假，她已經三十歲，衣裝整潔，眉宇乾淨，順滑的頭髮掛到肩膀，一絲不亂。

至於程霜，大城市來的同齡女孩，差點擾亂劉十三整個美學系統。她喜歡笑，小鼻子一皺一皺，見過的人都想和她一起笑。但她又兇又不講道理，牛大田迅速放棄和她結婚的念頭，準備同她結拜兄弟，一塊兒欺負全校同學。

劉十三被欺負得最慘，卻想保護兇巴巴的程霜。每當她笑的時候，就讓他想起夏天灌木叢裡的螢火蟲，忽明忽暗，飛不遠，也飛不久，日出前會變成一顆顆露珠，死在人們不會注視的葉子上。

因為有一天，他終於知道，程霜和螢火蟲一樣，現在是亮的，但說不定下一秒，就是暗的。

4

這個暑假，少年每天都回家想辦法。王鶯鶯看著他滿屋來回踱步，不停歎氣，頓時展開了聯想。

某天晚飯後，王鶯鶯下定決心，說：「十三，成長發育是男孩子都要經歷的事情，這裡有五塊錢，你去鎮上影帶出租店租《青春的岔路口》。」

劉十三猶豫：「是武打片嗎？」

快六十的王鶯鶯用圍裙擦擦手，惴惴不安地說：「算是的。」

一晚上劉十三攥著票子輾轉反側，劇烈掙扎。外婆說的武打片聽起來頗為神祕，但好不容易搞到錢，花掉又如何面對程霜。

天亮醒來，他恍惚地往學校去，經過小吃攤時心不在焉，買下蘿蔔餅辣糊湯小餛飩若干。

攤主說：「五塊錢。」

劉十三渾身一個冷顫，暗道果然天意，將五塊錢吃下肚，再也不用兩邊為難。

寬慰的心情持續到下課，逐漸陷入糟糕的境地。他面臨的境遇十分不堪：王鶯鶯知道他沒租片，程霜知道他沒帶錢。

磨磨蹭蹭走到石橋，發現程霜蹲坐河邊。

劉十三喊：「別打人，我進貢！」

程霜翻翻劉十三的書包，掏出來炒蠶豆和一瓶汽水。她打開汽水就喝，聽到劉十三邀功：「我偷了外婆的酒，灌了滿滿一瓶！」

程霜一震，汽水又辣又苦，喝下去整條腸道熊熊燃燒。她乾嘔半天，不信邪。如果酒真的難喝，那為什麼大人們邊喝邊笑，摔到桌子底下還在笑？她決定繼續嘗試，劉十三既怕她猝死，又怕她喝光，叫嚷：「快給我喝一口，外婆說，喝了酒不感冒。」

程霜問：「難道你經常喝？」

劉十三得意：「那當然，你看你，喝一口臉就紅了，我喝了兩口，白得跟死人一樣。」

程霜眼珠子一轉，說：「我要向你外婆舉報，居然給我喝酒。」

劉十三說：「我才不怕她。」

「那我報警，喊員警叔叔槍斃你。」

「槍斃了我，沒人給你帶東西吃。」

「對哦，你天天換著花樣給我帶東西，是不是喜歡我！」

劉十三咳嗽起來，沒想到程霜年紀輕輕，居然說出「喜歡」這麼不要臉的詞，斷然罵她：「神經病才喜歡你！」

程霜喝了酒，小臉紅撲撲，眼中倒映山嵐：「劉十三，打劫不靠譜，再這樣下去我們都快產生友誼了。」

劉十三皺眉：「那怎麼辦？」

程霜說：「我幫你把數學題做了吧。」

劉十三說：「不好，我將來還要用自己的實力考大學。」

程霜說：「說得也是，我們不能產生買賣關係。」

思索了一會兒，她翻出劉十三的本子，歪歪扭扭寫字。劉十三緊張：「你要幹什麼，別亂寫，這本子有法律效力的。」

等程霜寫好，劉十三拿回來一看，發現多了一條：送程霜回家。

程霜握著他的手，說：「給你一個機會。」

兩隻小手暖烘烘，劉十三眼淚都快掉下來了。都說女孩早熟，果然是真的，程霜喝了酒，熟得確實比他快。

一滴水落在手背，劉十三一顫，看到程霜掛著口水，醉成癡呆。

暮風掠過麥浪，遠方山巔蓋住落日，田邊小道聽得見蛙鳴。喝醉的小女孩分量不輕，劉十三用力蹬車，騎成了駱駝祥子。

程霜大舌頭地問：「你為什麼騎女式自行車？」

劉十三咬牙：「我媽留給我的。」

程霜又問：「那你爸媽呢？」

劉十三咬牙：「離婚了。」

程霜拍掌大笑：「原來你是孤兒！」

劉十三猛擰車把：「我不是孤兒！我爸媽活得好好的！」

程霜歎息：「太可憐了，等你長大了，去上海找我，有問題，我罩你。」

劉十三悲憤道：「我說了我不是孤兒！你再胡說八道，我就要打你了！」

程霜把臉貼在他背上：「你不捨得打我，你喜歡我。不過你再喜歡也沒有用的，因為我要死了。」

所有植物的枝葉，在風中唰唰地響，它們春生秋死，永不停歇。

程霜接著說：「我生了很重的病，會死的那種。我偷偷溜過來找小阿姨的，小阿姨說這裡空氣好。」

程霜還說：「我可能明天就死了，我媽哭著說的，我爸抱著她。我躲在門口偷聽，自己也哭了。」

程霜聲音很低很低地說：「所以你不要喜歡我，因為我死了你就會變成寡婦，被人家罵。」

劉十三沒有回應，因為背上一陣濕答答。那麼熱的夏天，少年的後背被女孩的悲傷燙出一個洞，一直貫穿到心臟，無數個季節的風穿越這條通道，有一隻螢火蟲在風裡飛舞，忽明忽暗。

劉十三停車，嚎啕不止。

程霜也哭著說：「你為什麼要哭？」

劉十三說：「我很怕死！」

程霜哭著說：「我也很怕！」

劉十三抽抽搭搭：「我一定請你吃頓特別好的！」

程霜擦擦眼淚：「你人不錯，如果我能活下來，就做你女朋友。」

5

羅老師把厚厚一摞作業本摔在講台上，說：「同學們，昨天作業是寫我的夢想，大家的夢想都很離譜，尤其牛大田。牛大田！你自己讀一下！」

小胖子撿起被羅老師扔在地上的作業本，正氣凜然，朗聲讀：「我的夢想是開一家棋牌室，天天都贏羅素娟的錢。」

牛大田剛讀完一句，就被粉筆擦擊中。

羅老師說：「你還真敢唸，老師的名字你能亂喊嗎？回去重寫，最後一次機會，寫不好喊家長。」

望著抓耳撓腮的牛大田，劉十三說：「我幫你寫。」

牛大田大喜：「真的？」

劉十三說：「你也幫我一個忙。」

午後艷陽照進小賣部，院門半開。小賣部設在側房，和院牆連成一片。貨物擁擠，但擺放整齊，從門口的簸箕、蚊香、蒲扇，到櫃台上的泡泡糖、話梅、瓜子，各種顏色的香膏洗髮水，通通鍍上一層金芒。

最引人注目的，是牆上掛著的臘腸臘肉，下方一根大羊腿熠熠生輝。

王鶯鶯操持羊肉是一絕。取山羊後腿肉，切塊，沖洗乾淨，下鍋和水煮開撈出，一邊用冷水沖，一邊用棒子敲打五分鐘。王鶯鶯敲羊肉的棒子用了很多年，紋理已經光滑，浮著油脂的光，摸著卻又完全是木頭的夯實，彷彿肉汁滲透了整根棒子。

鍋中放油，蔥白、薑片、蒜頭煸香，沖洗完的羊肉同時也被敲鬆，加辣椒爆炒。小火，加黃酒、生抽、老抽。換大火，加水剛剛沒過，煮開後才放鹽和紅糖。再小火燜蓋半小時，蘿蔔切塊同煮十五分鐘，撈出不用。洋蔥切塊同煮十五分鐘，撈出不用。收汁。汁濃肉嫩，一碗噴香，膻氣全無，只留鮮糯的羊味，包括劉十三在內，全鎮人民毫無抵抗能力。

王鶯鶯坐在貨架邊聽收音機，越劇纏纏綿綿，老花眼鏡擱置在籐椅扶手上，和平常一樣睡著了。

劉十三躡手躡腳，潛向羊腿，摘下來扛到肩膀，走到門口，對著牛大田說：「靠你了。」

牛大田說：「那作文呢？」

劉十三說：「我幫你寫。」

牛大田點點頭，三下五除二，脫光衣服，只穿一條內褲，面色堅毅。

劉十三拍拍他，說：「堅持兩個鐘頭。」

白花花的小胖子彎下腰，偷偷走到掛羊腿的地方，抬手拉住鐵勾，一腳微微縮起，衝劉十三揮揮手，用口型示意：你去吧。

抱著必死之心的牛大田閉上眼睛，全神貫注模擬羊腿，不再看劉十三。

暑假快結束了，暑假補習也快結束了。

扛著羊腿的劉十三站在石橋上，獨自一人，日頭逐漸西沉。他慢慢坐低，腿落下橋沿，清澈的河流那麼淺，他小小的影子在鵝卵石上浮動。

他早就習慣等待。在這個小鎮等什麼，他從來不知道，只是沒有等到。

今天在等誰，他自己是知道的。那個小女孩，被她打劫了一個暑假，今天沒有來。

再習慣等待，等不來依舊難過。那種難過，書上說叫作失望。直到長大後，他才明白，還有更大的難過，叫作絕望。

6

小賣部裡的王鶯鶯醒了，戴上眼鏡，看到光溜溜的牛大田。

王鶯鶯說：「牛大田，你幹啥？」

牛大田說：「你認出我來了？我不像條羊腿嗎？」

暮色緩緩重了，一輛女式自行車飛馳在田邊道路上。劉十三踩得很用力，他要騎得快一點，如果快一點，也許能追上點什麼。

7

劉十三雙手拖著羊腿，像拎著一把青龍偃月刀，走進一間裝修過很多次的屋子，迎面一個吧台。羅老師正在吧台稀哩呼嚕吃泡麵，CD連著電腦音箱，放著淒涼的歌曲。

張柏芝悲泣著唱：

心痛得無法呼吸，

找不到你留下的痕跡。

眼睜睜地看著你，
卻無能為力，
任你消失在世界的盡頭。
……

羅老師抬頭看到劉十三，目光轉到那條羊腿，艱難地嚥下滿口麵條，一臉震驚：「去你媽的，誰讓你送羊腿的，我怎麼可能買得起。」

劉十三不說話。

羅老師看看自己的麵，說：「欠你一箱速食麵的錢，下個禮拜再結帳好不好？」

劉十三不說話。

羅老師把麵一推，沮喪地說：「分你兩口。」

劉十三說：「程霜呢？」

羅老師說：「她媽今天來，把她接走了。」

劉十三遲疑一下，說：「她生病了嗎？」

羅老師望著他，說：「你是不是知道點什麼？」

劉十三不說話。

羅老師蹲下來，平視劉十三，握住他的胳膊，輕聲說：「昨晚開始發燒，通知了她媽。

她只能待兩個月，山山水水的空氣乾淨，說不定有幫助。本來就是聽天由命的事情，至少這個暑假很開心，對不對？」

劉十三避開她的眼睛，低頭，說：「那看樣子不會再來了。」

羅老師說：「病好了會來的吧。」

劉十三沒有抬頭，因為眼淚突然掉下來了，小男孩的傷心一顆顆砸在地上。他沒擦眼淚，用力拎起羊腿，靠著吧台放下，又遞給羅老師一張字條：「羅老師，您能替我送給她嗎？這是紅燒羊肉的做法，我採訪外婆的，寫得很詳細。外婆說，羊肉補氣。」

說完劉十三轉身就走，因為他眼淚一直流。

羅老師喊住他，也遞給他一張字條，說：「程霜給你的。」

走出羅老師家，劉十三聽到CD機換了首歌。他有部隨身聽，和一堆零花錢買的卡帶，所以他能聽出來，這是孫燕姿的聲音。

孫燕姿沒有哽咽，而且歌詞那麼簡單，然而他很傷心。

我也知道，
天空多美妙，
請你替我瞧一瞧。
天上的風箏哪兒去了，

一眨眼不見了。

……

劉十三打開程霜給他的信紙，幾行很短的字：

喂！

我開學了。

要是我能活下去，就做你女朋友。

夠義氣吧？

8

小鎮的低瓦數燈泡黃黃亮起，裁縫店老闆娘端出煤球爐，開始攤荷包蛋，能賣一個是一個。澡堂子排著三四人的隊，秦嫂抱著水盆咯咯咯笑。劉十三默默路過，沒有鄉親覺得他不對，他也沒理會誰。

劉十三跨進院子，桃樹掛著的燈亮堂堂，樹下坐著雙手抱臂的王鶯鶯，旁邊牛大田只穿內褲，垂頭喪氣。

王鶯鶯說：「站住。」

劉十三拔腿就跑。

王鶯鶯操起掃帚追趕，高喊：「殺了你個小王八蛋！我羊腿呢！」

牛大田大叫：「我真的不像羊腿嗎？」

劉十三竄出院門，連蹦帶跳躲避掃帚，逃得飛快，不忘記回頭吼：「你打我呀你打我呀！打死算球！」

9

小二樓的陽台鋪上涼席，坐著就能讓目光越過桃樹，望見山脈起伏，彎下去的弧線輕托一輪月亮。夜色浸染一片悠悠山野，那裡不僅有森林、溪水、蟲子鳴唱、飛鳥休憩，還有全鎮人祖祖輩輩的墳頭。

王鶯鶯盤腿點著捲菸，抽一口，她的外孫下巴架在欄杆，不知道在想些什麼。

王鶯鶯年輕的時候，嫁到外地，非常遠，據說靠著海。丈夫去世後，她回山裡，娘家人留給她這個院子。

她的外孫很小的時候，就學會了藏心事，然後藏著心事，坐在陽台發呆。在他長大前，如果不是課本上的問題，只有王鶯鶯能回答。

「外婆，我有爸爸嗎？」

「外婆，媽媽還會回來嗎？」

等他十歲，反而不問了，好像人生已經沒有什麼問題，他也會接受一切就這樣下去。

這個夏天，月光漫過樹梢，清洗整棟小樓，一大一小兩個背影坐落夜裡。

劉十三說：「外婆，你去過外邊的，山的那頭是什麼？」

外婆說：「是海。」

劉十三搖搖頭，說：「這個你說過很多次了，我們省哪兒來的海，你騙騙小時候的我還差不多。」

外婆說：「真的是海，走啊走的，就走到海邊了。再坐船，能到一個島上，周圍全部都是海。」

劉十三說：「外婆你完全沒有文化，將來要是我考不上大學，就回來幫你看店。」

外婆撣撣落在碎花襯衫上的菸灰，眯著眼說：「說不定我活不到那時候。」

劉十三說：「我一定能考上，到時候帶你出去看看。」

外婆說：「我年輕的時候早就晃過了，年紀大了，還是留在老家吧。」

劉十三說：「老家就這麼好？」

外婆說：「祖祖輩輩葬在這裡，這裡叫故鄉。」

劉十三聽不懂，也不再問問題，過了很久扭頭，看到外婆已經叼著熄滅的菸頭，靠著牆壁睡著。王鴛鴦臉上皺紋深深的，牆壁一片片蒼老的斑駁，映著晃動的樹影，像一張陳舊的底片。

劉十三拿出隨身聽，裡面錄了幾句話。而這幾句話，劉十三謄抄在東信電子廠內部稿紙拼起來的本子上，寫在他一切計畫的扉頁，字字工整，筆劃清晰，比座右銘還要刻骨銘心。

他點了播放鍵，早就遙遠的聲音響起來，只有錄下來的這幾句，對他來說那麼熟悉。

十三，媽媽走了。

你要聽外婆的話，別貪玩，努力學習，考清華考北大。

媽媽希望你啊，去大城市工作，找一個愛你的女孩子結婚，能夠幸福地生活下去。

越幸福越好。

十三，媽媽對不起你。

第三章　我在作夢嗎？

夢裡小鎮落雨，開花，起風，掛霜，
甚至揚起烤紅薯的香氣，
每個牆角都能聽見人們的說笑聲。

1

這世上大部分抒情，都會被認作無病呻吟。能理解你得了什麼病，基本就是知己。

在劉十三的九年制義務教育中，差點和牛大田成了知己。牛大田翹課輟學不學，荒廢無度，結果沒考上重點高中。劉十三預習補習複習，刻苦頑強，同樣沒考上重點高中。

計畫需要毅力，劉十三比誰都瞭解。他買了市面上一切模擬試卷，既然沒能力解答，那就把所有題目都背起來。

本子上寫「考取重點高中」，他沒完成，這裡有太多客觀原因。但「背誦模擬試卷」這一條，拚命就可以，任何意外都不是藉口。

到了半夜，睏意襲來，他背一道題目，搧自己一個耳光。

王鶯鶯早上喊他吃飯時嚇了一跳，只見劉十三兩頰高鼓，紅光透亮，神情恍惚唸唸有詞：「精光黯黯青蛇色，文章片片綠龜鱗。」

王鶯鶯剛走到他一側，劉十三嘶啞著聲音說：「別開窗！我還沒見到陽光，天就不算亮。天不亮，我一定能背完。」

漫長的學習生涯，支撐他走下來需要計畫和毅力。在連綿不絕的失敗面前，劉十三還能擁有這些寶貴品質，基於一個簡單的信念：「我沒畢業，我下次還能考好。」正如賭徒沒離開牌桌，因為手裡還握著籌碼，那麼劉十三手裡也握著時間。

賭徒的終點是破產，劉十三的終點是考上大學。

考大學分數下來，劉十三收穫了他人生最重要的道理：世界上很多事情，不是你有計畫、有毅力就能做到的。

在去學校報到的大巴上，劉十三翻開泛黃的筆記本。其實從國中開始，本子上的計畫就逐漸艱難，代表完成的勾勾慢慢不再出現。

扉頁寫著至關重要的一條，考取清華北大。而這輛大巴，正開向京口科技大學。劉十三合上筆記本，打開了真實的人生。

2

高中畢業後的暑假，劉十三留在山間的最後兩個月，王鶯鶯並不十分重視。她沉迷修仙，每天清晨豬草也不割，坐在院裡練習打坐。她告訴劉十三，意守丹田，舌抵上顎，獲得的人生體驗連清華北大都教不會你。

劉十三走前，王鶯鶯滿面紅光，每七天辟穀一次，宣稱身體將百病全消，無須外孫養老。

那天劉十三起床很早，八月底的山林清晨像一顆微涼的薄荷糖。青磚沿巷鋪到鎮尾，小道順著陡坡上山，院子裡就能望見峰頂一株喬木。劉十三爬過許多次，他的娛樂項目基本集中在這條山道。除開燜山芋、釣蝦、烤知了之類粗俗的，還能溪邊柳枝折一截，兩頭一扭，抽掉白白的木芯，柳條皮筒刮出吹嘴，捏扁，做一支柳笛。

本來外婆說開拖拉機送他到長途汽車站，但給了劉十三生活費，剩下錢替他買了個行李箱，沒資金買柴油了。她試圖讓外孫退一點生活費，節儉的劉十三思索之後，決定讓牛大田騎摩托車送他。

劉十三在外婆門前站了一會兒，望著門板上用小刀刻的一行字：王鶯鶯小氣鬼。

外婆不識字，曾經問他刻的什麼。他說，王鶯鶯要活一萬年。外婆不屑地敲他頭，說，活到你娶老婆就差不多了。

劉十三摸過字跡，轉身離開，離開老磚舊瓦，綠樹白牆和緩緩流淌一個小鎮的少年時光。

剛跨出院門的第一步，劉十三鼻子一酸，心想，王鶯鶯要活一萬年。

王鶯鶯的枕頭下，一毛不拔的外孫昨夜偷偷放了五百塊。

徹夜未眠的王鶯鶯翻了個身，她知道外孫站在門口。接著她聽到很細的腳步聲，和行李箱輪子咕嚕咕嚕滾動的聲音，院門被輕輕帶上，只剩早起的鳥偶爾一兩下鳴叫。

王鶯鶯推開門，坐到桃樹下，不再修煉。老太太抽著捲菸，看淡青色的天光逐漸明亮，發了很久的呆，擦擦眼淚，開始做一個人的午飯。

劉十三的行李箱夾袋，沒錢買柴油的外婆昨夜偷偷放了五百塊。

這場告別像個夢境。身為大學生之後的劉十三，趴在桌上睡了很多節課，夢裡小鎮落雨，開花，起風，掛霜，甚至揚起烤紅薯的香氣，每個牆角都能聽見人們的說笑聲。劉十三看見外婆正在炒菜，院內人影綽綽，大家一起祝賀他：「恭喜劉十三金榜題名，高考狀元，曠古絕今，天下無雙。」

劉十三激動地喊：「原來我是他媽的高材生！」

整個教室鴉雀無聲，參加英語四級考試的同學們目瞪口呆，注視著突然起身的劉十三，共同停止答題半分鐘。

監考老師問：「你在幹什麼？」

劉十三揉揉眼睛，遲疑地回答：「我在作夢嗎？」

3

劉十三望著自己的室友智哥，心亂如麻。

劉十三跟他長談過，讓他不要凌晨五點梳頭髮噴髮膠，也不要每逢下雨就出去散步，更不要向輔導員告白，試圖用愛情來逃避重修，因為輔導員是個男的。

談著談著，智哥舉起一雙絲襪，劉十三大驚失色，問他哪裡來的。智哥說，偷舍監阿姨的。劉十三差點腦溢血，智哥喜滋滋地告訴他，將絲襪裹住肥皂頭，攢很多肥皂頭就能湊成一整塊。

劉十三懂了，小學同學最多只是愚蠢，大學同學卻很有可能猥瑣。

二〇一三年冬至，劉十三已經大三，窗外雪花紛飛。智哥含情脈脈彈吉他，看起來很文藝，但他桌上擺著洗腳盆，盆裡泡著四袋速食麵，熱氣蒸騰，讓飢餓的劉十三不知是喜是悲。當智哥從洗腳盆撈出第一根麵條的時候，徹底點著劉十三的痛點，他忍無可忍地炸了。

劉十三問：「你不是說絲襪用來攢肥皂的嗎，為什麼穿在腿上？」

智哥說：「因為我娘。」

劉十三沉默半晌，說：「你他媽的。」

智哥說：「你是不是歧視我？」

劉十三說：「我並不歧視你，我只是沒法接受你。」

智哥說：「我把你當兄弟，你把我當什麼？你好噁心。」

劉十三一愣，說：「難道你不是？」

智哥一下緊張了，說：「難道你是？」

兩人打啞謎一般來回數次，劉十三放棄了這個話題，安慰自己：其實個人習慣這種事，要嘛我同化他，要嘛他污染我，如今他吃外賣不再洗一次性筷子，證明已經取得了微弱的優勢。

曾經班級組織活動，為自己的室友寫評語。劉十三原本寫的是：「矯情，古怪，要不是相處久了有點感情，我早就搬了。」

不小心窺視到智哥給他的點評，寫的是：「英俊，聰慧，繁華人世間一道靚麗的風景線。」

劉十三良心受到重擊，夜不能寐，等智哥抱著吉他睡著，偷偷爬起來重新給他寫下評語：「細膩，溫柔，恍如江南走來的白衣少年。」

在劉十三的世界裡，也只有智哥知道他的祕密。

二〇一三年冬至，與牡丹相見的最後一天，劉十三從抽屜裡拿了點錢，走進滿天飛雪，去送別自己的青春。

4

校園生活區的邊門，連接美食街。其實沒有街道，馬路兩側擺滿小吃攤，全部由平民製造。大一那年，臨近寒假，全校女生都縮在藍色塑膠棚吃麻辣燙，他一眼望見牡丹。

當日亦冬至，人群喧囂中，牡丹仰著乾淨的臉，對著筷子上的粉條吹氣。

劉十三耳邊出現熟悉的聲音，那部陳舊的隨身聽似乎又響起來：找一個愛你的女孩子結婚，能夠幸福地生活下去。

冰涼的空氣湧動，塑膠棚透映著暗黃的燈光，藍天百貨門外的音箱在放張國榮的歌。

沒什麼可給你，
但求憑這闋歌，
謝謝你風雨裡，
都不退 願陪著我；
暫別今天的你，
但求憑我愛火，
活在你心內，
分開也像同渡過。

接下來的劉十三，陷入愛情的龐大迷信。

愛情必須給予。和普通的年輕人一樣，劉十三沒什麼拿得出手的東西，只有尚未到來的未來。和牡丹吃飯的時候，他無數次描繪過心目中的生活：早上下樓，掀開一籠熱氣騰騰的紅糖饅頭。如果牡丹不喜歡的話，他可以換成豆漿油條，白粥就著鹹鴨蛋。她一定沒吃過梅花糕、魚皮餛飩、松花餅、羊角酥、肉灌蛋……

牡丹說：「你到底知道多少種小吃？」

劉十三放下筷子，默默思索，在腦海中的小鎮逛一遍，認真地說：「五十九種。」

牡丹敲敲他的盤子，裡頭堆著幾根肉串。

劉十三看到她細長的手指間，光芒一閃而過，多了枚亮晶晶的銀戒。牡丹覺察那縷目光，笑了笑說：「我爸送的，生日禮物。」

對啊，今天是牡丹的生日，所以他們坐在這裡吃串燒慶祝。過半小時，智哥和牡丹的室友都會來，大家一起去KTV唱歌，點一份洋酒套餐，店裡送水果盤。

烤串的王老太弓著腰，丟下一把雞胗，冷臉說：「快點吃，我要收攤，下雪了。」

劉十三說：「你不能學人家也搭個棚子嗎？」

王老太說：「沒錢。」

劉十三說：「你生意挺好的，怎麼會沒錢。」

王老太說：「你懂個屁，錢要省著。」

劉十三咬了口雞胗，憤怒地說：「這生的吧，再烤烤行不行？」

王老太整理鐵籤，說：「不行，下雪了，滾吧！」

一片雪花落在牡丹髮梢，劉十三伸手想拭去，被牡丹握住，她說：「去年的生日禮物，是碰到你。」

她說：「今年的生日禮物，是我轉校希望很大，明年去南京。」

一直是她說，因為劉十三不記得自己說了些什麼。

牡丹仰起臉，雪落在她乾淨的面頰，她說：「我們分手吧。」

王老太推起板車離開，留下兩張板凳給他們坐著，可能急著回家忘記收拾。

雪越下越大，兩人身上滿是白色。

那天他們依然去了ＫＴＶ，集體喝醉，雙方絕口不提分手。若即若離的關係貫徹接下來的一年，到二〇一三的冬至，牡丹辦完手續，要完完全全離開小城。

為什麼要選這一天？

也許這一年的生日禮物，她希望收到的是離別。

直到失去愛情，劉十三也沒發現，他一直描繪的未來，其實是過去。

他根本不知道這個時代的人會去向哪兒，包括他自己。他不是科幻作家，無法描繪汽車飛行的迷離都市；他不是生物學家，無法描繪人體器官可以替換的醫療環境；他不是經濟學家，無法描繪投資風口急速更替的資本市場。

他一無所知，無法描繪所有人創造的未來世界裡，如何創造一個家。

他孜孜不倦地承諾和分享，只是把紮根他每個細胞的小鎮生涯，換了本日曆，成為他反覆的描繪。

5

火車站廣場飄著簡餐的味道，人潮雜亂而洶湧，順流逆流，補丁和名牌擦身而過。和預料一致，他一眼望見牡丹。

牡丹顯然沒有他那麼好的眼力，此刻她探著腦袋，仔細看滾動列車訊息的電子螢幕。

劉十三溫柔地想，她踮起腳，和溪水邊獨自走動的鵝一樣天真。

智哥寫過一首歌，也許是抄襲的句子，他站在陽台上彈吉他，對著熄燈的女生宿舍高聲唱：

我親愛的人啊，不管到哪裡，能否帶我一起去？

我知道你要去哪裡，我也知道，你不會帶我去。

他記得有天天濛濛亮，牡丹凌晨回校，他站在校門口的車站等。牡丹輕盈地跳下車，歡快地向他走來。

當時他心裡想的，也是這兩句，覺得浪漫又淒涼。

火車站這麼熱鬧，劉十三來不及感受淒涼。他滿頭大汗，形跡狼狽，還渴得要死，決定先去小賣部買水，喝一口全身通透，氣息宜人地去見她。

人算不如天算，小賣部收銀機故障，櫃台後的小老頭慢吞吞在草稿紙上算帳，一分一秒過去，隊伍紋絲不動。

他腳邊放著背包，裡頭有外婆郵遞的小吃，從豬肉香腸到紅薯乾一應俱全。想像中把這些交給牡丹，就如同把往昔描繪的未來，交給了她。

他看看手中的水，快速權衡利弊。如果不買水直接走，之前排隊的十分鐘就是白費；如果繼續排隊，可能來不及送別。

牡丹和一瓶水孰輕孰重，他心裡當然清楚。他更明白，之所以還在排隊，其實是害怕提前過去面對。

「到你了。」

身後一個女孩捅捅他。

他回過神，老頭瞟一眼他手中的礦泉水：「一瓶三塊五，兩瓶九塊。」

豈有此理，劉十三放棄爭辯，掏出十塊。

老頭又喊：「等等！」

劉十三頓住。

老頭說：「我要驗算。」

驗算你娘舅，收帳又不是做科學研究，劉十三丟下錢，抄起背包狂奔出去。他權衡清楚了，這一面是必須見的。

6

牡丹的車馬上到站。

廣播毫無情緒波動地敘述一個事實：去往南京的旅客請注意，列車即將到站，停留兩分鐘。

劉十三顫顫巍巍，站到牡丹面前。

牡丹好像歎了口氣：「你來了。讓你不要送的。」劉十三能進入月台，因為他買了這列車的票，但牡丹絲毫沒有意識到。

劉十三遞上背包：「過敏藥，怕你車上犯鼻炎。」

牡丹看著背包，似乎在問，這包起碼十斤吧，你給我十斤過敏藥有什麼企圖。

劉十三說：「我託人快遞來的，以前老和你說，也沒法請你吃。紅薯乾、梅花糕、魚皮餛飩、松花餅、羊角酥、肉灌蛋……不好保存的我真空包裝了，十天半月壞不了。」

牡丹說：「我不要吃。」

劉十三說：「吃一點。」

牡丹說：「你讓我怎麼拿？」

劉十三一愣，看到她身邊兩個大大的行李箱。

他悲慘地想，去個南京而已，何必收拾全部家當，難道說一去不回，對了，牡丹原本就是一去不回。

劉十三縮回手，抱著背包：「那你到南京安頓下來了，發我位址，我給你寄過去。」

牡丹說：「再說吧。」

劉十三還不甘心：「那個，話費我給你充好了，充了三百，你不要擔心流量，儘管跟我視頻……」

「我到南京，肯定是要換新號碼的。」

「微信號又不用換。」

「捆綁的，換掉比較方便。」

牡丹猶豫了下，看看劉十三，劉十三衝她笑，眼淚在眼眶打轉。

牡丹說：「其實手機卡……已經有朋友幫我買好了，號碼我寫給你。」

劉十三連忙點頭，牡丹拿出隨身紙筆寫下一串數字，塞進劉十三懷中的背包。

「那，我走了。」

牡丹要結束這段對話。

劉十三強行狗尾續貂：「如果我去南京找你的話，你歡不歡迎啊？」

列車緩緩駛來，氣浪震動，將他的話淹沒到聽不見。

牡丹把行李箱推進車廂，劉十三想幫她拎箱子，牡丹回頭擺了擺手。

牡丹說：「再見。」

這兩個字，果然只有她能說得出口。

劉十三在車外跟隨車內牡丹的腳步，看她經過一扇車窗玻璃，準備放行李。

列車不是停靠兩分鐘嗎，為什麼她告別只花了一分鐘呢。

絕對不能這樣結束，還沒有結束，怎麼能這樣結束，他急促呼吸，呼吸著彼此想過的未來。

看海，等流星，放煙火，建一座木頭房子。山頂松樹下野餐，風鈴響動，用分期付款的車放音樂，燒烤架上生蠔滋滋冒水。

漫長的人生畫面在劉十三眼前飛奔，似乎要在這幾秒鐘的時間全部流逝掉，而車也有開動的跡象。

劉十三拍著車窗玻璃，有句話一年前的冬至就想問。

那句話衝出他的喉嚨：「如果我考上那邊研究生，是不是還能在一起？」

牡丹聽不見。過去一年，劉十三經常去通宵教室自習。筆記本上一行字：考研，去她的城市。

車窗玻璃凝著一層薄薄霜花，牡丹轉過頭，正面對劉十三，他終於看見牡丹眼中的淚水。

牡丹輕輕在車窗哈了口氣，用手指寫下兩個字：

別哭。

劉十三淚流滿面。為什麼做不到。為什麼離筆記本上的每行字越來越遠。為什麼不快樂。為什麼冬至下這場雪。為什麼重要的人會離開。

火車啟動，劉十三追了上去。

這不是外婆的拖拉機，他快衝兩步就能翻身上去。這不是童年的風，他踩著女式自行車就能追到翻飛的葉子。但這是他竭盡全力的速度，在雲邊鎮，他可以趕上澡堂最後一鍋熱水，全鎮最早一籠蒸餃，只要他整夜讀書，還可以趕上山間最先亮起的一朵雲。

他只跑了七八步，火車已經飛馳出站。

二十一歲的劉十三抱著背包，嚎啕大哭，追逐呼嘯而去的火車。

他的胸腔四分五裂，流淌出滾燙的岩漿，愛情落在地面凍結，時間踩碎，雪花輕柔地掩蓋。

他跑出第九步，身後響起一聲大喊：「員警叔叔，就是他！」

哀痛到極點的劉十三跑出第十步，被兩道黑影撲倒。

背包跟著被撲出去，一張字條猛地揚起，帶著一串號碼上下舞動，飛往鐵軌。

他不顧襲擊者，拚命爬起來追。

大喊的人又叫了：「他想拒捕！員警叔叔，快抓住他！」

劉十三隨字條一躍而下，跌入鐵軌。

那人反應迅速，跟著叫：「他想臥軌！員警叔叔，快救救他！」

被拖上來的劉十三悲憤欲絕，四仰八叉躺在地上，向那一驚一乍的聲音看去。

那是一個女孩，逆光下輪廓模糊不清。劉十三只能看到她紮著馬尾辮，神氣十足。

撲倒他的人說：「我們是鐵路巡警，現在懷疑你跟一起盜竊案有關，跟我們走一趟吧。」

7

到了派出所，劉十三總算明白了事情經過。原來那個女生在小賣部買東西，劉十三抄起她的包就跑。女生跟著他狂奔，盯著他走進月台，立刻召喚員警。

真是可笑，劉十三緊緊抱著自己的包。

女生表情嚴肅：「你拿了。」

劉十三嗤笑搖頭：「絕對不是我拿的。」

不過話說回來，他離開小賣部的時候確實比較匆忙，劉十三狐疑地舉起包，結結巴巴地說：「好像有點不對……顏色對的……牌子不對啊……」他往桌上一倒東西，意想中的紅薯乾、香腸、梅花糕、魚皮餛飩、松花餅、羊角酥、肉灌蛋……一樣沒有，只是幾件女生衣服、盥洗用品和一堆藥瓶。

女生激動萬分：「我說的吧！就是他偷的，還不承認！」

劉十三驚恐萬分，事到如今，再跟他們說自己拿錯了，會不會有點晚？

幸好民警見多識廣，看樣子這小夥子可能真拿錯了，只是失主氣焰十分囂張，逼著他們進行完整的審訊。

民警一拍桌子：「錄個口供吧！姓名，年齡，聯繫方式。」

劉十三老實說：「我叫劉十三，京口科技學院大三。」

女孩明顯愣了一下，攔住要繼續發問的民警，問：「你叫什麼？」

「劉十三。」

「金刀劉，動不動就哭的十三嗎？」

「你是不是有病？」

「有的。」

女孩盯得劉十三發毛，他決定生點氣來壯壯膽，於是氣鼓鼓地說：「我沒有偷你的東西，你不要嚇唬我。」

女孩的怒火奇蹟般消失了，居然客套地問：「我知道我知道，哎，你剛剛為什麼又哭啊？」

劉十三說：「怎麼就又了！這個也要錄到口供裡嗎？」

民警說：「不用，不過我也想知道你為什麼哭啊。」

劉十三只好含淚解釋：「我去車站送女朋友，她可能不回來了。」

女孩若有所思：「那不就是變成前女友了。」

審訊到這裡，劉十三萬念俱灰，伸出雙手：「算了，我也不想錄什麼口供，也不想說話，員警同志，你們把我抓起來吧。來，抓我抓我。」

民警和女孩都大吃一驚。

女孩跳起來：「天啦，我只是冤枉你一下，你怎麼就自我放棄了？」

劉十三不管不顧：「就是我偷的，我是小偷，沒良心，道德敗壞。」

在場的民警們面面相覷，也算開了眼界。

這下換成女孩急了，俐落地收拾，她的衣服、她的充電器、她的藥瓶、民警的簽字筆，通通裝進她的包。接著想了一下，把民警的簽字筆還了回去。

背起包的女孩一臉誠懇：「員警叔叔，太打擾你們了，現在這個事情解決了，一個誤會，你們不要懲罰他，也不用送我們，我們自己走，謝謝。」

說完女孩一鞠躬，民警眨眨眼，靠到椅背上：「什麼情況？喊打喊殺的不是你嗎？」

女孩勾住劉十三脖子：「我認出他了，他是我的男朋友。」

劉十三撲通摔到桌子底下。

民警震撼地坐直了：「我記得他說他剛剛分手。」

女孩爽朗地笑：「他太花心了，回去我會進行殘酷的教育。」

劉十三從桌子底下掙扎著爬上來：「你別含血噴人！我不認識你！」

女孩再次勾住他脖子，熱情地說：「十三，我是程霜啊。」

8

四年級暑假的午後，悶熱空氣陡然清涼，小女孩走出樹影，馬尾辮一晃一晃，坐到他身邊，微笑著說：「我叫程霜。」

小石橋上小女孩扛著掃把，橫刀立馬，大喝一聲：「搶劫！」

麥穗托著夕陽，晚風捲著一串一串細碎的光，葉子片片轉身，翻起了黃昏。自行車後座的小女孩把臉貼在他後背，曾有眼淚燙傷他肌膚，小女孩輕聲問：「你會每天送我回家嗎？」

那是他童年的玩伴，消失於人間的程霜。

而現在勾住他脖子的女生，高高個子細細身段，眉開眼笑，說她就是程霜。

二〇一三年冬至，劉十三數不清第幾回哭了，抽泣著說：「我在作夢嗎……程霜……你他媽的不是死了嗎……」

時隔十年，劉十三和程霜再次相遇。

第四章　不死的少女

陽光裡程霜的笑臉那麼熱烈，
她說：「我就不死，怎麼樣，很了不起吧？」

1

劉十三和智哥面對面坐在地上，中間擱了個電磁爐，翻騰著叫來的火鍋外賣。智哥拿筷子攪拌攪拌，說：「失戀了，你現在是不是很難過？」

劉十三點點頭：「腦海一片空白。」

智哥說：「那不如借酒澆愁吧。」

話音未落，門「砰」地一聲打開，兩箱啤酒疊在一起，憑空移動，左搖右晃撞進宿舍。

智哥倏地站起來：「我是不是眼花！」

劉十三看到啤酒箱下打顫的一雙細腿，沉聲道：「不是的，我懷疑有個朋友來了。」

也不知道程霜哪兒來的力氣，兩箱二十四瓶青島純生，硬是抱到目的地。智哥眼明手快，衝上去卸下一箱，露出程霜的笑臉。

程霜擦擦汗，說：「我只知道幾號樓，差點沒找到。幸好聞到火鍋味，跟著味兒還真走對了！」她拍拍劉十三肩膀，說：「看到我是不是很高興啊，哈哈哈哈……」

劉十三點頭說：「是啊是啊，哈哈哈哈哈……」

剛笑出聲，劉十三又警覺地調整表情。為了借酒消愁，此刻愁的心態必須穩住。說來真的奇怪，人在很悲傷的時候，怎麼就那麼容易笑，搞得悲傷之外，還多了內疚。

放下啤酒，程霜白淨的小臉紅撲撲，眼睛亮晶晶，智哥難以自持，興奮到了破音：「同學，你叫什麼名字？」

程霜起開瓶啤酒，咕嘟嘟邊喝邊說：「我叫程霜。」

智哥抄起吉他：「我叫智哥，劉十三的兄弟。初次見面，送首歌歡迎你，歌名〈月亮代表我的心〉。」

沒想到程霜連連搖手：「別別別，我是九〇後，能不能換成周杰倫的〈半島鐵盒〉？」

智哥眨了眨眼，艱難地說：「那首我還沒練，等我翻翻譜。」

程霜一揮手，說：「練什麼練，喝多了，什麼都會唱。」

劉十三還沒做出反應，兩個人已經坐下來連吃帶喝，啤酒劈哩啪啦開了好幾瓶。賓客盡歡，只剩劉十三還沒有進入狀況。

劉十三把自己這種狀態稱為矯情。生活中常常會出現不合時宜的矯情，比如小時候大家春遊，你頭痛，但你不說，嘟著嘴，別人笑得越開心，你越委屈。

事實上沒人得罪你，也沒人打算欺負你，單純只是沒有關注你而已。

委屈到達一個臨界點，當事人哇地哭出來，身邊人莫名其妙，明明一塊兒踏青野炊點篝火，大自然如此美好哭什麼，難道觸景生情，哭的是一歲一枯榮？

劉十三不想矯情，他硬著頭皮想吃火鍋吹牛皮，可心裡的委屈拱啊拱地呼之欲出。智哥激動地說：「來，獻給大家一首新歌，這首歌的名字叫作〈愛情〉！」

說完，他自彈自唱：

輕輕地，我將糟蹋你，請將眼角的淚拭去。

你問我，何時愛上你，不是在此時，不知在何時，

我想大約會關你屁事。

終於智哥發現他的不對勁：「十三，你哭什麼？」火鍋的霧氣蒸騰中，似乎浮現起車窗上牡丹用手寫的兩個字，他看不清牡丹的面容，也追不上呼嘯的火車。

程霜摸摸他的頭：「別哭。」

劉十三說：「我沒哭。」

說完這句，他眼淚徹底決堤。

他曾經教導智哥，男人不能嬌氣，可他的眼淚比任何男人都要多。智哥問過他，劉十三，你哭來哭去不慚愧嗎？

劉十三告訴他，別人哭，是因為承受不了某些東西。他哭，是能承受一切痛苦，但總要哭哭助興。

此刻他在兩個朋友面前哭得稀哩嘩啦，程霜往嘴裡塞油麵筋：「唉，跟了他一路，就怕

他做傻事，哭出來就好。」

智哥沉默了下說：「十三，你不要難過，我很快要去南京參加比賽，你要是想她……我就幫你多看看她。」

程霜說：「那有什麼用？」

一句話戳進劉十三的心窩，他說：「是啊，有什麼用，做什麼都沒用了。」

程霜啪地一拍筷子，說：「怎麼就沒用了？做什麼都沒用，我早就死了。劉十三，你還活著，怎麼說沒用。你要是捨不得，去找她。」

劉十三和智哥都被程霜的氣勢嚇到，智哥說：「牡丹去南京了吧。」

程霜拿著手機說：「南京哪裡？」

劉十三報了牡丹學校地址，程霜在手機上戳了幾下，將螢幕轉向劉十三，她口齒清晰地說：「從京口科技學院到江南師範大學，距離一百六十公里。」

劉十三淚眼模糊地看螢幕，她說得沒錯。

程霜說：「來去不過一晚上，走，我們去見她。」

智哥興奮地砸吉他：「去南京，去南京。」

劉十三目光呆滯地看著他們，發現兩箱酒居然已經喝完。不管什麼時候喝完的，他們此刻肯定都喝大了。

劉十三苦笑：「別鬧了，現在哪兒還有火車。」

程霜猛地站起來，居高臨下：「我俯視你！」一邊說，一邊把腳踩在劉十三肩膀上。

智哥說：「我也俯視你！」一邊說，一邊把腳踩在劉十三另一個肩膀上。

劉十三扛兩腳，像倒扣的香爐，緩緩地說：「真的沒有火車了。」

程霜和智哥齊聲喊：「打車！」

被兩隻腳踩著的劉十三心想，怪不得人們說青春是轟轟烈烈的。轟轟烈烈這四個字，一聽就知道是犯罪集團。

2

如果他孤獨一人，今晚應該躺在床上，通宵默默淌淚，睡到腰肌勞損。現在風那麼大，路那麼長，三人結伴出發，奔向黎明，這輩子必須誕生傳奇。

高速公路在冬夜無限延伸，探照燈射穿雪花。兩個醉酒的人上車就睡，只剩劉十三頭靠著車窗，呼吸在玻璃上忽明忽暗，慢慢恍惚。黑暗像一場夢，他隨時隨地會作的夢，夢裡奔行在隧道，不知道是山林長成，還是水泥搭建，但同樣幽深。他能不停向前，因為有人吹著柳笛引路，似乎走到頭就是一扇木門，推開後灶台煮著紅燒魚。灶台比他還高，那人放下柳笛，給他餵一口魚湯，鮮掉眉毛。

飛雪夾雜冰碴，越來越薄，開進南京城的時候，變成淅瀝瀝的小雨。計程車停在江南師範大學門口，已經清晨七點，醜的女孩還在睡覺，一部分美女剛剛準備卸妝，一部分美女已經開始化妝。

智哥感歎：「原來美女倒垃圾也會穿高跟鞋，真是紅粉骷髏，我願意粉身碎骨。」

程霜安慰劉十三：「我們也不算白來，一會兒見不到你的前女友，我們就幫你找個現女友。」

智哥發現他們三人的外套皺巴巴的，濺滿泥點，沉吟著說：「要不我們換套衣服再來。」

程霜斷然否決：「換什麼換，都是二十左右的年輕人，讓她們看看貧窮的風采。」

3

站到女生宿舍樓下，劉十三羞澀地說：「別這麼高調，你們在旁邊等我。」

計程車上劉十三默默斟酌，見到牡丹不知是喜是憂，但兩個朋友在場，很有可能言不由衷。這種情況，獨自面對比較好，讓真情靜靜流淌。

誰知朋友們根本沒聽他發言，程霜擔憂地說：「也不知道要等多久，我想去買些包子，又怕走開會錯過時機。」

智哥安慰她：「沒關係的，你儘管去，幫我帶兩個，我盯著。」

程霜說：「包子有點乾，再買點南瓜粥。」

劉十三大怒：「買三斤茶葉蛋噎死算了！你們這麼娛樂，難道是來看戲的？」

智哥大悟：「茶葉蛋不錯啊，我們一起去。」兩人眉開眼笑往食堂走，劉十三張張嘴巴，周圍女生的喧嘩聲湧過來，他頓時感覺到了客場危機。

劉十三搖搖頭，又不是來打架，為什麼汗毛都豎了起來？

旁邊一名女生經過，斜著眼睛：「他幹嘛？」

第二名女生說：「誰的男朋友來送早飯的吧？」

第三名女生說：「更像備胎。」

下樓的女生越來越多，目光直接掃射慌張的劉十三。小雨漸大，泥水橫流，女生們欣喜不已：「這麼大雨，你們說他會不會走？」

「走了我看不起他！」

劉十三準備躲雨，聽到這話也只好收回腳步，原地不動。

「不走的話肯定腦子壞了。」

劉十三聽完，身子一晃，女性觀眾又有人暴喝：「就知道他堅持不住！」於是劉十三走走停停，左右為難，全方位淋了個濕透。

正在輿論中彷徨，程霜、智哥打傘跑來，劉十三大喜，要去投奔他倆，接著目光穿過拎著包子的程霜、護住頭髮的智哥，穿過人群，直接看到一朵天藍色的牡丹，嫩黃圍巾，明亮如同盛開時抱到的一縷朝陽。

她白皙的臉凍到透明，沒有擦髮絲滴下的雨水，因為她的手正被握在另一雙手中。握住牡丹手的人個子挺高，一米八，小平頭，長得像排隊線的安全柱。

小平頭對牡丹說：「快進去，我下班接你。」

牡丹說：「嗯，回去開車小心。」

劉十三第一次聽到這麼甜的聲音，而且是從牡丹嘴裡傳出來，甜到發齁。他熟悉的牡丹不是這樣說話的，牡丹會說：「好。」

那麼多次，她不驚不喜地，平平淡淡地，說，我走了。

她不會提問，懶得回答，她對劉十三用得最多的語氣詞是：哦。

但應該毫無波動的牡丹，仰著臉，雨水打濕她笑瞇的睫毛，軟軟地說：「嗯，我這不是跟你來南京了嗎，我還能去哪兒。」

去你媽又一個「嗯」！跟他說「哦」不行嗎！你什麼時候下載了新的表情包！

劉十三艱難地走向回憶，寸步難行。包子雙人組覺察劉十三的臉色，再順著他目光望去，頓時明白了一切。

智哥喃喃自語：「這個情況，一目瞭然但不知道怎麼下手。」

程霜把傘和包子塞給智哥，直奔那一對離別的男女，被劉十三抓住手腕。劉十三勉強衝她笑笑：「我自己解決。」

程霜果斷轉身，智哥看她連扭兩個方向如此乾脆，困惑地問：「你轉啊轉的，轉呼啦圈嗎？」

劉十三離牡丹越來越近，程霜說：「不能插手，換成是你，發現被戴了綠帽子，你會不會請大家一起戴？」

智哥陷入認真的思索，程霜說：「我們等等吧，男人的事情，男人自己解決。」

牡丹的笑容消失了，跟劉十三一樣面無表情。

小平頭夾在當中，臉色相當精彩。圍觀群眾可以看到，他在數秒之間完成了疑惑，很疑惑，非常疑惑的情緒表達，像在解一道立體幾何題。

牡丹問：「你怎麼來了？」

劉十三問：「他是誰？」

小平頭也問：「你是誰？」

三個問題無人應答，卻把緊張的氣氛層層推向高潮。

屋簷下女生低呼：「開始了開始了。」在場所有人彷彿等待歌劇開場，保持了客套的安靜，但按捺不住期待的神色。

就在對峙三人沉默的間歇，女生宿舍五層樓窗戶全開，頂著各種髮型的腦袋探出，又縮回去，然後打個傘繼續觀看。

小平頭首先沉不住氣：「他誰？」

牡丹說：「我以前同學，找我有點事，你先走，上班別遲到。」

小平頭是有智商的，他不可能走，開始回答劉十三：「我是牡丹男朋友，你找她幹嘛？」

二樓頂著毛巾的女生喊：「音量大一點！」

小平頭估計聽到了，真的大聲重複一遍：「我是她男朋友！你找她幹嘛？」

這個體貼的舉動降低了觀看門檻，博得觀眾的好感，有人說：「看來那個一七二公分是想挖牆腳，被一八〇公分撞到了。」

旁邊有人提問：「為什麼挖牆腳的一七二公分好像很難過？」

立刻有人解答：「注意觀察牆腳，顯然不喜歡被他挖，這麼失敗當然難過。」

劉十三沒有搭理小平頭，盯著牡丹：「為什麼不告訴我？」牡丹沒說話，他低下頭：「你早點告訴我，我也不會纏著你。」

小平頭怒槽滿了，雖然他增加音量，面前兩人卻沒跟他交流，他只好動用肢體語言，揪起劉十三的衣領。

四周一片高興的歡呼。

小平頭說：「你什麼意思？」

牡丹也低下頭，眼淚流到鼻尖。劉十三的心越來越痛，不再逼問，努力緩和地對小平頭解釋：「我不知道你們在一起多久了，但就在昨天，我還是她的男朋友，兩年的男朋友。」

他衝牡丹笑笑：「沒關係的，我過來就是跟你說句再見，昨天火車開得太快，我沒來得及。」

劉十三覺得這幾句話基本得體，交代關係，解釋劇情，甚至非常禮貌。圍觀群眾紛紛面露不屑，對劉十三的角色設定感到失望，還好小平頭能推動劇情，他大笑一聲：「你開玩笑吧，你算哪門子男朋友，她大一我就認識，每晚都跟我睡在一起，你算個什麼東西？」

小平頭用手指戳劉十三胸口，一戳一頓：「你，算，個，什，麼，東，西。」

劉十三一陣恍惚，想起這兩年的許多清晨。

許多清晨，他站在校門口的月台，等牡丹回來。霧氣沒散，她從霧中跳下車，輕盈地向他走來。

他從沒問過，也許勤工儉學上夜班，也許朋友家過夜，也許親戚在城裡有房子呢。沒什麼好問的，他這麼告訴自己。他突然明白，那些清晨他沒有問，其實是從牡丹眼神中讀到，你別問我。

他根本就是知道的，一旦問出口，他就再也無法站在月台，等待那輛車了。

想念在霧氣中遊蕩，往事也是。全部扭曲，飄忽，呈現空曠的畫面。

牡丹緊張地拉著小平頭：「不要說了，你先回去。」

小平頭看到劉十三一言不發，失魂落魄，已經被他完全轟碎，決定繼續演講，對牡丹說：「回頭跟你算帳。」

他對劉十三說：「我警告你，以後不要再纏著牡丹，見一次打一次。」

他對圍觀群眾說：「看什麼看，這個智障有什麼好看的，改天請你們吃飯。」

智哥忍不住讚美敵人：「咦，這個姦夫怎麼像外交官，講話這麼多方面的。」

程霜說：「他不是姦夫，劉十三才是姦夫，不過感覺姦夫成了受害者。」

雨聲清脆，劉十三推開小平頭，輕輕一拉牡丹，讓她躲進屋簷下。他滿臉是水，說：「我只有最後一個問題，為什麼？」

小平頭衝上前一拳，正中劉十三鼻樑，圍觀群眾呼啦集體退一步，讓出更大的舞台。小平頭甩著手說：「廢物哪兒來這麼多廢話！見一次打一次，第一次，記住了！」

劉十三是個很沒勁的人，小時候遇到別人打架，哪怕當事人是關係最近的牛大田，他都不去看一眼。長大了能道歉就道歉，能滾就滾。

他和牡丹兩年，問問題都不敢，最勇敢的就是昨天和今天。

這麼沒勁的人，一個趔趄倒在泥水中，被小平頭暴捶，看得人連憤怒都沒有，只剩心酸。

智哥撲上去想幫忙，程霜攔住他，冷靜地阻止：「他說要自己解決。」

智哥說：「眼睜睜看他被打，傳出去也不太好聽。我是為了名聲考慮，絕對不是為他。」

劉十三已經受到一分鐘的連擊，程霜深吸一口氣，毅然決然說：「我們還可以為他加油。」說完她有節奏地鼓掌，大喊：「劉十三，加油！劉十三，加油！」

她喊得認真而且動感，雙腿左右騰挪，飛快帶起了節奏，令智哥情不自禁跟著大喊：「劉十三！加油！」

從那句睡了兩年開始，劉十三感覺自己懸浮到了上空，他望著躲雨的流浪貓，望著骯髒的月季花葉片，望著塑膠跑道，他就是不想看自己的軀體是怎樣倒下，怎樣地哭。

奇怪的加油聲把他喊回了現場，劉十三這才發現，自己被打成沙包，下意識劈出一掌。

小平頭蒙了，他沒想到劉十三會還手，硬吃了一個耳光，更出乎意料的是，居然毫不疼痛。

還擊出現，圍觀群眾情緒激昂，跟著程霜一起喊：「劉十三！加油！」

有人問：「劉十三是哪個？」

有人答：「管那麼多！反正往死裡加油。」

被冷落的牡丹也沒閒著，抽空回宿舍拿了傘，這時候撐起來罩著小平頭說：「我跟你一塊兒走，別打了。」

程霜一愣，無名火燃燒，問旁邊女生：「勞駕，借個傘。」

女生說：「為啥？」

程霜說：「為了正義！」

女生呆呆地把傘遞給程霜，她撐著傘罩住劉十三，指著小平頭：「王八蛋，決戰到天亮。」

遭到挑釁的小平頭怒不可遏，一腳把劉十三踢出老遠。程霜趕緊跟過去，繼續用傘罩住劉十三，怒罵小平頭：「大家都有撐傘的，來啊王八蛋。」

牡丹急得跺腳：「你們不要添亂好不好？智哥，你勸勸十三。」

智哥吐了口口水：「正好我有些話想勸勸你，說來話長，要不你滾到一邊，我慢慢講給你聽。」

牡丹不再說話，小平頭猛踩劉十三，劉十三咬緊牙關反撲，鎖住他的雙腿，兩人絞成麻花，泥水中互相糾纏。戰況慘烈，智哥也衝過來為劉十三撐傘。

因為行動受限，雙方只能靠翻身來進行位移，程霜、智哥兩人的傘死死罩在劉十三上空，他翻到左邊，傘就罩到左邊，他翻到右邊，傘就移到右邊，絕不照顧小平頭。

樓上的觀眾十分鬱悶，整個戰場只見兩把傘在跳小天鵝舞，下面的人打得怎麼樣了，死沒死，流多少血，一點兒看不清楚。

一個短髮妹摘下眼鏡，感慨說：「雖然熱鬧沒有看成，但這幾把傘實在很熱血。」

旁邊室友贊同說：「確實炸裂，大家全部濕掉，不知道這幾把傘有幾把意義。」

小平頭奮力掙脫！劉十三垂死掙扎！小平頭擊中劉十三胳肢窩！劉十三控制不住笑了一下！劉十三洩氣了！小平頭罵他武大郎！劉十三重整旗鼓！小平頭終於被打到腦袋！小平頭一聲怒吼！劉十三嘴角出血！牡丹哭了！程霜也哭了！

劉十三仰面躺著，打到脫力，半張臉泡在泥水中。兩個女孩舉著傘，眼淚吧嗒吧嗒，比雨下得還凶猛。

牡丹抱住小平頭，放聲大哭：「你不要再打了，你再打要把我打沒了。」

小平頭搖搖晃晃說：「你服不服？」

劉十三笑了，勉強睜開眼睛，天空中一萬滴眼淚墜落，說，再見。

真睏，他想，該作夢了，再見。

4

回程計程車上，一直靜默的劉十三終於感覺到疼痛，大呼小叫起來：「掉頭！掉頭！送我去醫院！我需要臨終關懷！」

程霜說：「臨終是誰，他為什麼要關懷你！沒想到你不但做第三者，自己還有第三者。」

智哥解釋說：「劉十三是說他快要死了。」

程霜說：「才這麼點小傷，怎麼會死。」

智哥解釋說：「太丟臉了，羞憤到死。」

劉十三不屈不撓，繼續喊：「你們不是人！見死不救！我要包紮！」

程霜問：「你哪兒破了？」

劉十三說：「我牙齦流血。」

智哥說：「我也牙齦流血，每天早上刷牙都紅通通的，我媽以為我用的是草莓牙膏。」

程霜說：「草莓牙膏甜甜的，我只敢偷偷用。」

劉十三求助無望，只好展開自救，摸摸全身，掏出一塊電子錶。

劉十三對電子錶說：「廢物，長得跟ＯＫ繃一樣，但你有什麼功能？錶帶還是塑膠的，擦嘴能擦出血。」

電子錶嘀嘀叫，劉十三困惑地說：「它為什麼會響？」

程霜說：「鬧鈴吧。」

智哥怒罵劉十三：「大白天你定鬧鐘，不怕晦氣嗎？吵到別人睡覺怎麼辦？」

劉十三傻笑：「我是怕補考遲到，定了提前一小時。」

話說完一片死寂，程霜好奇地問：「什麼補考？」

智哥笑出了聲：「他今天下午要補考。」

劉十三顫抖地問司機：「師傅，你能飛嗎？」

5

劉十三進門的時候，考卷已經分發完畢。

監考老師看劉十三鼻青臉腫，頭髮倒豎，渾身泥濘，走路一步一個腳印，皺了皺眉。不過好在他對劉十三印象挺深，四年來劉十三堅持聽他課，勤奮做筆記，回回不及格，讓這位老師明白什麼叫朽木不可雕。

監考老師說：「你遲到了，快。」

劉十三坐到位置上，閉目，平心靜氣半分鐘，鎮定地打開考卷，猛然看去，發現一道題也看不懂。他不敢相信，又猛然看去，發現字都不認識了。

連夜趕路，質問，打架。得知補考，吃驚，趕路。十幾個小時，到這一刻，他的腎上腺素全部消耗完畢。

一下子毫無力氣，壓下的悲傷從全身每個縫隙冒出來。腦中穿梭著牡丹轉身的背影，雨裡的眼淚，他每個畫面都按不住，只能反覆輕問，為什麼，為什麼。

這時不在考場，會好過一點吧，他能睡覺，睡醒起來打電動，跟智哥去跑步。做不到的話，可以蜷縮在被窩哭。

然而他偏偏就是在考場，桌子上擺著筆，筆壓著考卷，監考老師虎視眈眈。

要是可以人格分裂多好，一個劉十三痛苦萬分，滿地打滾；一個劉十三穩定答題，下筆如有神。

思緒亂糟糟，劉十三的意識中，莫名其妙出現倒數計時，跟寺裡過年撞鐘一樣噹噹噹，震徹耳膜。

就在劉十三舉手想放棄的時候，窗外驀然有人大喊：「劉十三！加油！」

不用抬頭，他也知道是程霜。

這女生太可怕了，從來不管別人願不願意，能不能夠，她就喊加油，喊拚命，而且還不是嘴巴上說說，她真的會拉著人去拚命。

真奇怪，童年還喜歡過她，要是跟她在一起，日子會顛沛流離吧。

程霜喊完加油，劉十三聽到她踹人的聲音，接著聽到智哥大喊：「劉十三！加油！」

兩人齊喊：「劉十三，加油！」

監考老師衝了出去，而劉十三就像走在迷霧裡的人，那加油聲是條隱隱約約的繩索。他順著這條繩索跌跌撞撞振作起身，不管它會不會斷，一心一意要看清楚山崖上的考卷。他心想，走過去，走過去，走過去就好了。

程霜和智哥說著對不起，被監考老師趕跑。劉十三也看見卷子上一道道題目，迷霧散開，明朗無比。經歷千辛萬苦的努力，鍥而不捨的追求，結果，還是一道題都不會做。

看清和會做，是兩回事。

他握緊筆，哪怕看不懂題目，依然毅然決然要寫答案。

劉十三寫的正楷，橫平豎直。小學起，他的本子上字字端正，行列整齊，深思熟慮才落筆，並不允許自己用修正液。因為字裡行間，如雕如刻，全部是他不可動搖的目標，全部都得做到。哪怕後來他明白，那不叫目標，叫願望，對永遠弱小的他來說，更應該叫幻想。

劉十三在考卷上寫了一行字，正楷，橫平豎直：加油！我會順利通過考試！我會找到工作！擁有未來！

剛寫下的字就立刻模糊，是眼淚大顆大顆掉下來。

他很加油，加到爆倉。他也不想要這樣的人生。倒楣，無能，卑微，還窩囊地哭。不能哭，他忍住眼淚，憋回嗓子，發出了更奇怪的哽咽。

像熱帶雨林裡，奇形怪狀的鳥的叫聲。

監考老師詫異地問：「你還好吧？」

劉十三很好啊。這麼多年，他能面對從小到大的憐憫，能面對不斷的失去，能面對喜歡什麼，什麼就會離開。他靠一本寫滿幻想的筆記本，去習慣痛苦。

劉十三說：「沒事，我很好。」

說完他猛地站起來，盯著他看的補考同學們嚇了一跳，椅子一齊發出挪動的吱呀聲。他們終生難忘這個場景，鼻青臉腫的劉十三站在考場中間，以眾生不知道的原因，用盡全身力氣大哭。劉十三哭得上氣不接下氣，手裡依然緊緊攥著一支筆。

考場的人不知所措。劉十三想，悲傷有盡頭的話，到現在應該差不多了吧，從今往後也不會有更慘的事了吧，那麼一次性流完眼淚，以後不要再這樣了。

他一邊哭號，一邊大喊：「我很好，我會好得不得了！我會重新做人！絕對不會再失敗了！」

監考老師實在沒想到，會迎來這麼激烈的回答。

劉十三淚水滂沱，大喊：「我很好，我會好得不得了！我會重新做人！絕對不會再失敗了！」

監考老師驚恐地說：「好的，我知道了。」

6

遠處程霜跟智哥喝著奶茶，忽見考場外的那棵樹上，鳥雀轟然炸起。

智哥說：「你還擔心嗎？」

程霜說：「怕他想不開，萬一死了呢。」

智哥說：「哪兒有這麼容易死。」

程霜說：「對有些人來說，找死輕而易舉。我有個遠房姑父，跟老丈人吵架，打牌一看三四五六八，腦溢血，死了。」

智哥驚奇地說：「你講話好像北歐電影，雖然劉十三喜歡哭，但越哭越堅強。」

程霜從背包裡掏掏，掏出一堆藥瓶，並排擺在石桌上，每瓶倒出幾顆，變成手心一大把。在智哥震撼的注視下，一口塞進嘴巴，仰著脖子用整杯奶茶灌了下去，嚥得無比艱辛。

智哥結結巴巴地問：「你這是吃藥？」

程霜說：「對啊，抗癌藥。」

智哥結結巴巴地問：「啥……抗啥……」

程霜咂咂嘴巴，打了個嗝，說：「吃飽了。小時候查出來的，醫生說我只能活一年，結果我活到現在。」

智哥接不上話，大腦處於當機，傻不楞登望著笑嘻嘻的女孩。

她說：「本來在旅遊，誰想到會碰見十三，哈哈哈哈。對了，我要走了，你替我轉交個東西給他。」

望著呆若木雞的智哥，她眨巴眨巴眼睛，說：「你是不是想問我，還能活多久？」

智哥語無倫次地搖頭：「不是不是……」

她說：「反正我不知道。可能明天就仆街了。」

雪停了，雨也停了，冬日的陽光並不溫暖，平穩又均勻，但陽光裡程霜的笑臉那麼熱烈，她說：「我就不死，怎麼樣，很了不起吧？」

智哥喊：「那你還來嗎？」

已經走遠的程霜在陽光下揮揮手，不知道她是說再見，還是說不。

7

智哥把字條交給劉十三說：「程霜給你的，不行我得回去睡覺。」

劉十三獨自站在走廊，打開字條，上面很短的幾行字：

喂！

這次不算。

要是我還能活著，活到再見面，上次說的才算。

身邊歡快的同學來來去去，沒幾個認識。補考失敗的劉十三心想，上次說的什麼？為什麼這次不算？

8

劉十三補考失敗，只能重修。然後重修失敗，差點拿不到畢業證書。他給導師送澳洲香橙，導師問：「你平時挺穩妥的，關鍵時刻掉鏈子，要找找原因。」

劉十三解釋說，考運不好，所以我收到的結果，對應不上我付出的過程。導師幫他爭取學位證書，補齊了學分，千辛萬苦畢業。

畢業的劉十三更加勤奮，深夜偶爾思索：程霜去了哪兒？莫名其妙出現，又消失，兩回了吧。得絕症的人不是應該掉光頭髮，去做幾件重要的事嗎？那部電影叫什麼來著，哦，《一路玩到掛》。她這麼閒，還帶他去外地打架，一點生命的緊迫感都沒有。電話號碼也不留，這年頭都用微信了，難道我用漂流瓶找她？推理下來，估計她哪怕得了絕症，也是慢性發作那種。聽說有些人身患白米過敏症、傷心乳頭綜合症，都治不好，但活得如火如荼。

劉十三翻個身，心想：她不會真的死了吧？

他這麼想過幾次，次數不多，時間要留給其他事情，尤其是工作。

因為畢業那天，他在筆記本上，橫平豎直寫好：加油，我會找到工作，擁有未來。

第五章　城市多少盞燈

有人哭，有人笑，
有人輸，有人老。

1

畢業之後，智哥想去南京，大城市工作機會總是多一點，但算了算存款，只能苟活在四線小城。他有了決定，說：「我們先在這兒打工，賺一年錢再去南京，你覺得呢？」

劉十三心想必須去，牡丹在那兒。他雖然接受了失戀的事實，卻動輒燃起新的希望。或許過了很久，會跟牡丹重逢。或許牡丹已經結婚，有了孩子，那不要緊，沒人比他更愛她，所以她一定會離婚。到時候南京街頭相遇，她牽著小孩，小孩手裡冰淇淋掉到他腳邊，她趕緊說對不起，一看，是他的臉。

智哥聽他述說幻想，歎口氣出門，當晚找了網管的工作。託他的福，劉十三沒花錢上了一夜的網，發出去幾十份簡歷，還收到了不少面試通知。

2

一年轉眼消逝，劉十三極具突破性，他連續度過各家公司的試用期，沒有獲得一次轉正的機會。

傍晚回到出租屋，屋內景色和大街上的霧霾一樣昏暗不清。劉十三按開關，燈沒亮，停電了。

劉十三走到陽台，全城燈火輝煌，兩人湊錢交的房租，繳納電費都有點艱難。門吱呀一聲推開，智哥腳步蹣跚，叼著菸頭，跌跌撞撞和他並肩而立。

劉十三說：「睡一會兒吧。」

智哥說：「上班真累，老子一開門體力就用光了。」

劉十三說：「你不是夜班嗎？」

智哥說：「幹，跟老子說是夜班，還以為經常熬通宵的我輕而易舉，沒想到夜班長達十八個小時，晚上去晚上回。說到這裡，我彷彿又要去上班了。」

劉十三：「堅持，你比我強。」

智哥靠著牆壁緩緩坐下，整個人埋在陰影中：「十三，我這麼拚還交不起電費，生活是不是太殘酷了？」

劉十三問：「你遊戲裡那杆聖龍烈焰槍要多少錢？」

智哥掙扎著喊：「橙武你懂嗎？橙武！那是無價之寶，你不要用錢來計算。」

劉十三踢他一腳，走回客廳，來了條手機簡訊，是入帳消息，王鶯鶯給他轉了五千塊錢。劉十三立刻給她打電話：「王鶯鶯，你是不是賭博了？」

那頭傳來王鶯鶯不耐煩的聲音：「小賣部的分紅，你現在明白有個事業多重要了嗎？」

劉十三狐疑：「小賣部什麼時候那麼賺錢了？」

王鶯鶯話鋒一變：「對，賺錢不容易，這可能是你收到的最後一筆分紅了。」

劉十三道：「這明明是第一筆。」

王鶯鶯虛偽地咳嗽：「我身體一天不如一天，現在進貨都搬不動箱子，你再不回來，我給你打下的江山就要沒了。」

劉十三勸道：「沒就沒吧，你把鋪子盤掉，到城裡付個首付，我每天帶你吃蛋餅，城裡都用電動麻將桌。」

王鶯鶯說：「人都不認識，打什麼麻將。」

劉十三說：「一開始都是陌生人，多講幾句不就熟了。」

王鶯鶯說：「我花了一輩子交到的朋友扔掉，去城裡認識陌生人？自己有的不要，為什麼老想那些沒有的。」

劉十三陷入深思，說：「你看你看，每次都聊不下去，你堅定地不肯來城裡，我堅定地不肯回鎮上，以後咱們別談這個話題了，傷感情。」

王鶯鶯說：「除了錢我們還有什麼好聊的。」沉默了一會兒，劉十三說：「王鶯鶯，你過得好不好？」

王鶯鶯說：「很好啊，你呢？」

劉十三說：「我也很好。」

在一百多公里外的山林小鎮，小賣部多年後還是那樣，沒有變新，也沒有更舊。月光像一塊琥珀，凝固住了這二十坪。

櫃台玻璃黏黏補補，不知道破過幾次，洗頭膏罐子如今醃上鹹菜，桂花香水瓶種了株水仙。在它們中間，端端正正地供著台電話機，機身貼著一張照片。照片是電話安裝那天拍的，童年劉十三咧著嘴，拿起話筒貼在臉邊，扭扭捏捏。

王鶯鶯放下電話，自言自語地說：「看來你真的不回來了。」

收音機唱著越劇，她呆呆聽了一會兒，吃兩口炒飯，說：「哎呀，沒放鹽。」

桔梗和梔子次第開，空氣中淡淡香氣。劉十三房間的窗簾剛洗完晾乾，風一吹，窗簾輕動，寫字台上整齊擺一摞作業本。王鶯鶯摘掉胳膊上的袖套，坐在院子，美滋滋地點根菸，抬頭瞇起眼望望桃樹，說：「你老了。」

她拍拍桃樹，彎腰抓了把泥土，收音機卻沒聲了。外孫留給她的，太陳舊，她到鎮尾換過幾次零件，修電器的陳伯拚盡全力鼓搗，說，這機器太老，用不了多久。

都老了啊。

眼淚翻越皺紋，又瘦又小的王鶯鶯用袖子擦擦臉頰，手裡緊緊攥著土，說：「你真的不肯回來，但我也真的老了。」

3

房東王阿姨跳完廣場舞，給劉十三介紹了份工作。一家保險公司新開張，需要門口一對童男童女捧花籃撒紅包。次日，劉十三和王阿姨套上玩偶服，在保險公司門口載歌載舞。

本來王阿姨比較出彩，多年廣場舞的鍛鍊讓她的童女舞得有套路，有節奏，但劉十三這次是拚了，一開始還跟著王阿姨的腳步扭動，後來看到保險公司主管出來，動作一下非常劇烈，艷壓王阿姨。

王阿姨手捧花籃，劉十三頭頂花籃。王阿姨跑步發紅包，劉十三飛躍撒紅包。王阿姨左右搖擺好可愛，劉十三跳起來比心，空中轉體飛吻。

保險公司門口人越來越多，社區群眾聽聞有個玩偶發瘋，嗑了藥似的。

劉十三苦心未曾白費，保險公司主管注意到了他，微微點頭：「這個玩偶很有活力啊！」

劉十三大喜，當場下腰，結果玩偶服太過笨重，直接倒地。圍觀群眾以為又是什麼新動作，沒人上前幫忙。劉十三心急火燎，連續蹬腳，終於蹬到個啥，翻身而起。在一片驚呼聲中，扶正頭套的劉十三看看眼前，心情跌落谷底，他把主管蹬飛了。

員工們集體攙扶主管，王阿姨扮的童女笑盈盈地繼續載歌載舞，小夥子，讓你能，看你能的，你怎不上天呢。

主管揮揮手，阻攔試圖替他拍灰塵的員工，寬容地笑：「年輕人嘛，就需要這種風風火火的精神！」

主管當然氣，氣得不得了，想把玩偶裡的人拉出來活埋。但他決定，不可以讓群眾覺得他跟一個玩偶計較。

主管這個行為就很高級，很多明星做不到。明星產生矛盾，都隔空罵來罵去，今天你上頭條回應，明天我上頭條回應你的回應，一個說，她劈腿！一個說，他騙錢！兩個人唰唰唰互相捅刀子，一開始大家還感興趣，後來發現都捅不死，越捅越有錢，只能罵一句狗男女。

還不如保險公司主管，他說完這個話，群眾鼓掌。

劉十三靈光乍現，摘下頭套說：「主管，我想做你們的員工，可不可以？」

這就尷尬了，主管驚愕，路人無語，王阿姨目瞪口呆。其實劉十三是最尷尬的，可今天他與眾不同，羞恥度直達人生巔峰。

主管勉強說：「我們員工招滿了。」

劉十三說：「沒關係，我做備胎。我就佩服你的氣度，想跟在你身邊學習！」

這話是跟電視劇學的，十分靈驗，主管頓時無計可施，面向群眾做模範：「各位朋友也看到了，我們招收員工沒有門檻，只要肯努力，大門就向你敞開。」

掌聲雷動，主管滿心憋屈，得知劉十三好歹算大學畢業，覺得舒服了一些。

主管說：「我還以為你是來敲詐的，哈哈哈哈。」

劉十三說：「不敢不敢。」

主管說：「我剪完彩就走，你不要跟著我，你就待在此地，不要跟著我。」

說著彷彿劉十三會貼上來，中年男主管退後幾步，飛快走了。剩下的都是保險公司員工，他們看著劉十三莫名其妙混進隊伍，自豪的臉色暗淡無光。

4

試用期三個月，劉十三打騷擾電話，發傳單，走門串戶推銷，一事無成。每月五單的績效考核及格線，三個月他離成功一共差十五單，意味著顆粒無收。

經過賭咒發誓，單位勉為其難，又給他延長一個月試用期。劉十三感恩戴德，倉皇下班，幸虧王鶯鶯轉的錢他省吃儉用，基本沒怎麼花。惆悵的劉十三打算找智哥訴苦，智哥夜班沒結束，只好獨自覓食。

租的屋子就在學校旁的窄街，他摸摸肚子，走向常去的燒烤攤。

攤主的孫女放學，用推車旁的塑膠板凳寫作業。唯一一盞應急燈掛在孫女頭頂，老太戴著厚眼鏡，臉正貼著肉串細細撒孜然。

劉十三說：「吃飯。」

老太說：「真煩，等等。」

她牙齒漏風，直接把孜然粉吹到炭火上，騰地躥出火苗，彷彿表演魔術。

劉十三早就習慣，然而老太面前的顧客第一次來，倒吸冷氣：「婆婆你別靠那麼近好吧，讓不讓人吃？」

孫女停住筆，和劉十三一起鄙視地看著顧客，開玩笑，不靠這麼近如何能看到肉焦不焦，如何能判斷辣椒夠不夠？顯而易見，這人沒吃過南方老太的燒烤，精細到奈米級別，現在進行的就是老花鏡微距操作，愛吃吃，不吃滾。

老太對顧客的抱怨充耳不聞，怕了吧，這就是長者氣質，再囉唆老太就會中風，在場顧客一個都別想跑掉，劉十三就是見證人。

顧客心存擔憂，扭頭問劉十三：「你經常吃？」

孫女不愧是無知的小孩，這樣的場面依舊不知好歹搶答：「他才不吃，他嫌燒烤太貴，每次只點一份炒飯。」

劉十三大怒，小破孩為了侮辱他，居然不顧自家生意，豎子不足為謀，小學生就是坑逼隊友。

孫女又說：「不過他饞很久了，肉串你要是不吃，我們半價給他。」

顧客緊迫地付錢拿貨走人，孫女從容落座。老太磕了蛋到鍋裡，準備炒劉十三的飯。孫女看著數學題，目不斜視：「奶奶你多放了個雞蛋。」

劉十三一陣悲涼，這就是窮人的鬥爭，要嘛進行智商上的攀比，要嘛用雞蛋進行反擊，手段一個比一個寒酸。

孫女說：「你幫我改改作業吧，抵充蛋錢。」

劉十三趕到網咖，正碰見智哥吃耳光。流著鼻血的智哥身邊圍著群高中生，他滿面笑容，費力跟人解釋。

看到這些高中生，劉十三就來氣。大好光陰天天玩遊戲，像他劉十三，高中時代起早貪黑，外婆強行關燈，他依然點蠟燭背單詞，這麼刻苦用功，最後還不是考砸了。

金髮高中生說：「賠手機。」

智哥說：「我最多幫你調監控，看看是誰拿的。」

金髮高中生說：「看什麼監控，我來你這裡上網，手機被偷了，當然問你要。」

智哥說：「報警行不行？」

金髮高中生說：「報警抓我們？欺負我們未成年人不能上網？去你媽的，我先砸了你這個破網咖。」

四五個人立刻舉起電腦螢幕，智哥抹掉鼻血，把臉湊上去說：「別別別，要不你再打我兩下出氣。」

金髮高中生說：「砸。」

劉十三站到他面前，說：「兩千塊，再多沒有。」

網咖後門，智哥憂傷地吐了口煙霧：「錢以後還你。」

劉十三說：「不急。」

智哥說：「老闆又扣我薪水了。」

劉十三說：「拉倒，就當給他買棺材。」

智哥說：「十三，我想走了。」

劉十三接不上話。

智哥說：「我要去更大更現代的城市，我要闖蕩天下。你記得嗎，我們剛住一間宿舍，第一次喝酒，我就告訴你，我要成為引導潮流的歌手，這個夢想擱置太久了。我一直沒有向前走，並不代表我忘記。」

智哥說：「我昨天問自己，回老家找個姑娘，聊天都用方言，給全世界唱歌，不如她一個人鼓掌，這樣不好嗎？」

智哥說：「不，不好。比如，其實你也可以回老家，掌控一個小賣部，請表嫂當櫃員，每天罵她服務態度不好。你說你想要的生活是找個好工作，買房子，娶老婆，我沒有辦法給你建議，這些計畫，我光是想想就很累了。」

劉十三全程當聽眾，智哥一扔菸頭：「走，不管這個破網咖了，荼毒青少年，發的是國難財。呸。」

5

身處第四個月試用期的劉十三到處奔走，毫無建樹。轉機出現，手機收到組員吳嫂微信，喊他回公司開月度會議。

回公司好，冷氣十足，一次性杯子和飲水機備齊，電腦還有接龍，不過月度會議是什麼東西？莫非跟高中模擬考一樣，考零分座位是不是要被調到最後面？現在座位已經貼著倉庫，再往後就是巷子，那個巷子還不錯，賣小龍蝦的挺多。

劉十三設想著最壞的可能，趕到會議室。

會議室氣氛怪異，平時開小會，同事都是聚在一起說客戶壞話，說到開心的時候再批評劉十三，於是大家更開心。此刻鴉雀無聲，集體規規矩矩，吳嫂都沒有嗑瓜子。

看到劉十三進來，吳嫂趕緊說：「侯經理，人齊了。」

劉十三循聲望去，看到侯經理的背影。

所有經理好像都這樣，背著雙手看窗外，欣賞一覽無餘的城市全景。但他們公司在一樓，窗外車水馬龍，侯經理目不轉睛，莫非在偷窺等公車的小姊姊。

侯經理個頭高高，剃著小平頭，孤身佇立，像在窗前放了個安全柱。

說到像安全柱的小平頭，劉十三記得有個情敵也長這樣。侯經理轉過身，真的是情敵。

曾經有人握著牡丹的手，說：「快進去，我下班接你。」

天藍色的牡丹，嫩黃圍巾，明亮如同盛開時抱到的一縷朝陽，她仰著臉，雨水打濕她笑瞇的睫毛，軟軟地說：「嗯。」

那天雨夾雪，那天特別冷，劉十三精神恍惚，眼睛卻一直盯著侯經理。

侯經理說：「都坐。」

他居然彷彿沒事人，搞得劉十三不知如何應對，聽他風度翩翩地自我介紹：「大家好，初次見面，我是負責華東區的經理，你們叫我小侯吧。」

大家哪兒敢喊他小侯，都喊：「侯經理好。」吳嫂尤其諂媚，劉十三聽得分明，她喊的是侯總。

侯經理又說：「首先恭喜你們分公司成立一季度，我查看過業績，表現很好。第一名是吳夢嬌。」

他說的是吳嫂，長得像程咬金。雖然吳夢嬌自述經驗，要熱愛客戶，交心溝通，拿出實打實的誠意，但劉十三一度懷疑她動用了武力。

侯經理說：「短短一季度，吳夢嬌簽下了四十多筆保單。新出的重疾保險，她以個人之力，強推十五份，開疆拓土，可以說是保險推銷界的成吉思汗。」

按照趨勢，接下來可能誕生保險推銷界的文成公主、岳飛、中公豹、劉禪……外號稱呼層層降級，甚至八大散人，輪到劉十三，說不定是保險推銷界的武大郎！

充分進行猜測的劉十三心想，呵呵，我是武大郎，你不就是西門慶。又覺得不對，武大郎還是比西門慶倒楣，劉十三掂量掂量，寧願侯經理說他是保險推銷界的牛大田。

沒想到侯經理跳過了諸多渴望獲得封號的同事，直接點名劉十三。

「我也注意到，公司裡有人試用三個多月，還沒有實現零的突破。」

無數道目光識趣地射向劉十三。

「巧的是我以前認識他，大學裡面就不怎麼樣。本來以為他會珍惜這個寶貴的工作機會，可惜……他再次向我證明了他的失敗。」

侯經理抱著胳膊，站在窗前，劉十三那瞬間覺得很奇怪，大家都是年紀差不多的人，四肢健全，智商相差不遠，為什麼其中一個便可以隨意評價另一個？

莫非他覺得自己是成功人士的標竿？被女人甩就是失敗？業績為零就是失敗？

劉十三憤怒地發現，咦，好像真的是這樣。

侯經理也不算真的成功，劉十三認為。他現在明顯很把劉十三當回事，開個會來羞辱他。智哥大三在汽車展示中心打工，來往的人物都是一次付清提車的有錢人。他說：「一次客戶試駕，跟我聊天，打算開車去山區。我提醒客戶，這款車不越野，只能走平地。客戶說，沒關係，我去修條路吧。在我眼裡，他英俊無比。」

劉十三問：「那在他眼裡，你會不會很醜？」

智哥緩緩說：「成功人士不會看我們的。比你強的人，要嘛對你憐憫，要嘛對你無視。」

侯經理嘲笑劉十三，努力打擊，說明大家依然在同一層次。

侯經理說：「聽說你額外獲得了一個月，假設績效上不來，很遺憾，我們公司不會收留你。哦，說錯了，一點都不遺憾，沒有公司想要失敗者。」

同事們哈哈大笑。

「侯經理真幽默。」

「侯總說的話精彩，鞭策了我們。」

吳嫂笑著推推劉十三：「你也說兩句，表表決心。」

見劉十三不動，吳嫂用力朝侯經理笑，繼續推他，小聲說：「講兩句這事就過去了，態度好點兒。」

劉十三站起來，口齒清楚地發言：「侯經理，我並沒有失敗，因為還有一個月。」

吳嫂趕緊說：「對對，一個月五筆訂單，有可能有可能。」

侯經理皺起眉頭，嚇了吳嫂一跳，她立馬改口：「但劉十三的話……就沒希望，毫無希望，沒希望啊，一點兒也沒有。」

侯經理說：「好，一個月，我等你。另外……」

他貼到劉十三耳邊，說：「我們訂婚了。」

說完這句話，他向大家雙手合十表示謙遜：「今天就開到這裡吧，我還要趕飛機，不多說了，加油，努力。」

劉十三邁著輕飄飄的步子，腦子轟鳴，一步一晃。他以為，有關牡丹的任何消息，到今天很難撼動他，哪怕他假想過牡丹和別人的婚禮。現實中那個雨天握住牡丹手的小平頭，穿越時空走到他身邊說，我們訂婚了，依然炸得他四分五裂。

吳嫂陪他走了一段，絮絮叨叨：「小劉，你試用期到現在從不休息，這樣，給自己放兩天假……我們這個行業其實是自由職業，沒有規定的工作方式……你要是在街上找不到客戶，不妨考慮下你最好的朋友，最親的家人，對吧，他們就當給你的未來投資……」

吳嫂是好心，對世界失去觸覺的劉十三也知道，他點點頭，拿著保單文件回家。

樓門洞一灘積水，是樓上空調漏下來的，無人理會。社區建造初期頗為時髦，號稱首批小戶型樓群，專門為有志青年打造。有志青年是不會買小戶型的，幾年過去，社區變成租戶聚集地。

劉十三站在門口，鑰匙摸了半天，拿不出褲兜。

他的手在抖。

他的腿也在抖。

他站不住，靠著門滑下來，嘴角嚐到一顆眼淚，呼吸困難，全身發寒，像幾年前冬至的雪，一直落一直落，終於埋到了咽喉。

6

智哥收拾好行李，等劉十三下班。

智哥不能給劉十三找到工作，不能借他錢，不能幫他買房子，但是智哥尊重他。話說回來，要是智哥能做到前面三點，他們也做不了朋友，劉十三天天喊他乾爹。

剛認識的時候劉十三樸實勤奮，還肯聽智哥唱一晚上歌。智哥覺得此人雖然無聊，但脾氣甚好。後面一項優點隨著熟悉變成了缺點，現在想來，劉十三各方面都很平凡，如果想要這樣的朋友，只要到天橋往下望，行走的全是劉十三。

他曾經想把劉十三寫成一首歌，歌詞是這樣的：「我有個朋友叫劉十三。」

開頭這一句就沒寫下去了，劉十三完全沒有什麼可寫的。

為智哥送行，兩個失敗的窮人喝酒聊天，沒什麼精彩的話題，充斥唉聲歎氣，貧賤朋友百事哀，到後面兩個人還虛偽起來。

智哥說：「等你發達了不要忘記我。」

劉十三說：「一定一定，你把地址給我，我有空去看你。」

智哥說：「我註冊了視頻直播，酒吧歌手混不出頭，我就直播七十二小時唱歌不停歇，唱到吐血，以命搏命，總能吸引點粉絲。」

兩人喝完，智哥不肯睡，拿著吉他非要唱〈朋友別哭〉。

有人哭，

有人笑，

有人輸，

有人老。

……

朋友別哭，

我依然是你心靈的歸宿。

朋友別哭，

要相信自己的路。

難得劉十三忍住眼淚，智哥卻哽咽得唱不下去。他把吉他遞給劉十三：「給你做個紀念吧，再見面不知道要過幾年。你錢不夠，就把它賣了，簽名版，還值幾個錢。」

劉十三抱著吉他，醉醺醺地說：「兩千塊不用還了，等你出唱片的時候，就當我買了二十張。」

早上劉十三醒來，智哥已經離開。

這座城市，對劉十三來說，從此只有他一個人。

地上擺著吉他，房間裡似乎還在迴盪智哥的歌聲，朋友別哭，要相信自己的路。

7

劉十三終於賣出去保險了。一單，客戶簽字，劉十三熱淚盈眶。組員們簇擁著劉十三，齊聲要他請客。

吳嫂也很高興：「必勝客吧，我兒子最喜歡吃。」

禿頭同事攬著劉十三：「必勝客不能喝酒，去川魚館吧！就在前邊。」

五斤香辣豆豉魚、五斤泰式酸辣魚、三瓶白乾，劉十三看看價格，還好酒不太貴。

禿頭同事喝得有點多，抱著劉十三說：「兄弟，其實我很討厭你。」

劉十三說：「我知道我知道。」

禿頭同事眼淚汪汪：「但我更討厭自己。幾十歲的人了，終於有了點小小的成績，但那又怎麼樣。我雖然比你強得多，但我不應該看不起你！」

劉十三說：「我理解我理解。」

禿頭同事振臂高呼：「歡迎你，歡迎你劉十三！歡迎你進入保險行業大家庭！」啪啪鼓掌聲，接著同事們又進行了抓錢舞表演，點名遊戲，展現了豐富的企業文化，直到有人臉色突變，拽拽別人衣角。

禿頭同事明明喝醉，桌子底下翻翻手機，若無其事地說：「主管喊我加班，先走先走。」同事們一哄而散，沒人回頭。吳嫂最後一個走，在門口遲疑一下，說：「我們組有個微信群。」

劉十三說：「嗯。」

吳嫂說：「裡面沒有你。」

劉十三說：「嗯。」

吳嫂說：「侯總回來了，喊大家去KTV唱歌。」

劉十三說：「嗯。」

吳嫂說：「那我走了。」

劉十三說：「好。」

劉十三一個人坐在桌邊，杯盤狼藉，手機響了，是吳嫂發來的。

「小劉，對不起，侯總發現我把單子讓給你了，剛剛要求重新計算。我也沒辦法，這單我拿回去了。對不起。」

劉十三回了一條：「謝謝吳嫂，沒關係的，我會更加努力。」

他收起手機，喊來服務員結帳，最後的兩千花出去一千六。

8

再次業績為零的劉十三徒步回家，路過宵夜街。大學時期的藍色塑膠棚被市容整頓，還在經營的是一些屢教不改的頑固份子。依舊有學生坐在小板凳上，只是人少了許多。以前的早已離去，如今的更喜歡點外賣。

劉十三停住腳步，似乎能一眼看到那零散的學生中，有個叫牡丹的女孩子，仰著乾淨的臉，對著筷子上的粉條吹氣。似乎聽到自己說：「你一定沒吃過梅花糕、魚皮餛飩、松花餅、羊角酥、肉灌蛋……」

似乎聽到藍天百貨的音箱在放：

沒什麼可給你，
但求憑這闋歌，
謝謝你風雨裡，
都不退　願陪著我；
暫別今天的你，

但求憑我愛火，
活在你心內，
分開也像同渡過。

劉十三渾渾噩噩，被嘶啞的聲音拽回現實：「喂，小子，過來。」

他的確很餓，因為飯局上一口也沒吃。燒烤攤黑乎乎，基本依靠後頭百貨店的射燈，只吊起一盞應急燈，照著做作業的孫女。老太斜著眼看他，弓著腰招手。劉十三走過去，老太說：「老規矩，炒飯？」

劉十三說：「我不餓。」

老太說：「小子騙哪個，每天上班帶瓶水，就等著我這一頓，坐好了，不要走。」

劉十三沉默地坐下，寫作業的孫女眯著眼睛冷笑，劉十三咬牙說：「我沒錢了。」

孫女說：「我知道。你一直沒錢。」

劉十三又說：「我很努力，但從來沒拿到過薪水。我對自己說，我可以更努力，可我快被辭退了。」

孫女壓根兒不理他，推著本子說：「幫我檢查一下作業。」

劉十三眼淚止不住，說：「我是不是真的不行？」

老太端著飯過來：「先吃飯。」

劉十三低下頭，一盤熱氣騰騰的炒飯放到他面前，加了蛋，還有午餐肉和金針菇，豪華得不成樣子。

囡囡說：「你幫我改作業，這頓當我請你的，奶奶，從我零花錢扣。」

老太說：「請什麼客，你這麼小一個人，花錢大手大腳打死你，我送的。小子，人有一口飯吃，還怕什麼，到哪裡沒有一口飯吃。」

劉十三真的餓了，他挖了一勺飯塞進嘴裡，所以說南方的燒烤攤就是厲害，蛋炒飯都做得蓬鬆柔軟，菜油和雞蛋的香氣飽滿地灌進靈魂，暖融融的讓人又想掉眼淚。

劉十三攥著最後的四百塊，加快腳步，走進藍天百貨。店鋪臨近打烊，他問老闆：「你們負責安裝嗎？」

老闆點頭，劉十三攤開手掌，說：「兩百塊買燈泡，送到門口燒烤攤。一百塊買線材。剩下一百塊，是給你的電費，能用多久是多久吧。」

劉十三遠遠望著老闆把燈串掛起來，應該有幾十個，正好繞著燒烤攤一周。

這座城市的夏夜，在劉十三路過四年的街道，有個燒烤攤如同小小的宮殿，明亮的光無處不在，老太和孫女驚奇地仰臉打量，眼睛裡都是星星。

9

小學六年級時學校組織春遊，去了縣城天文館。頭頂佈滿恆星和漩渦，羅老師喋喋不休，好像會催眠，劉十三的思維隨著她的聲音離開地球，離開銀河系，來到極遙遠極遙遠的地方，他感到恐懼，一回頭發現地球縮成小光點，渺小得等於不存在。

劉十三躺在出租屋，飄進記憶中的浩瀚宇宙，無窮空間浮起畫面，是個姑娘，那姑娘好像紮著馬尾辮，笑意盈盈，那姑娘又像站在火車站台，背影被汽笛聲拉長。

自己喝了幾罐米酒，哪兒來的米酒，奇怪，怎麼王鶯鶯在說話，你說乾我就乾啊，好吧好吧，尊老愛幼，乾杯。

二〇一六年初夏，劉十三醒過來的時候不知身處何方，有種回到老家的幻覺。陽光威嚴地穿過小窗，刺進他的眼皮，空氣裡還有醃菜和炒洋蔥的味道。

第六章　一千零一份保單

「我有很重要的事情，
輸了的話，我就真的一無所有了。」

1

劉十三測算過外婆的拖拉機時速，最高達到三十公里，那是進完貨趕一場麻將，從縣裡回小鎮二十多里路，一個鐘頭跑到了。拖拉機保養得很好，據說是外婆用政府發放的養老金買的，後來外婆心疼柴油錢，開的頻率越來越低。

恍惚間似乎坐了很久拖拉機，那種熟悉的感覺，貫徹童年。

劉十三揉揉眼睛，這不是作夢，真的在自己小房間裡。桌邊貼著海報，花格襯衫少年浮空在沙發聽音樂，頭頂三個英文字母：JAY。

床邊堆著行李，出租屋的家當全部打包，四五個編織袋鼓鼓囊囊，他意識到一個極其不可能發生的現狀：被外婆綁架了。七十歲的王鶯鶯勇破駕駛紀錄，開了一夜拖拉機，把他綁回雲邊鎮了。

2

王鶯鶯正在櫃台剝豇豆，和她的小鎮牌友圍坐，眾人好奇的目光飛過院子，注視劉十三居住的二樓。

三姑問：「怎麼大清早的回來，太突然了，出事了？」她其實在問：「嘿嘿，你外孫倒啥楣了？」

六婆問：「開車回來的啊？車停在哪兒呢？不上班了？」她其實在問：「喲呵，不要吹牛，騙我我就拆穿你，混不下去了吧？」

王鶯鶯拉過抹布，擦了擦手，流暢地說了一通瞎話：「公司派車送的，說讓他休假。他們主管也真洋氣，年輕人吃點苦有什麼大不的，對吧？他們居然說，怕累壞公司的棟樑之材。還感謝我教出了這麼好的外孫，感謝啥啊，我什麼都沒教，他天生就這麼優秀。」

劉十三輕手輕腳貼著牆邊，溜過院子，正好聽到「棟樑之材」四個字，外婆居然動用了成語，外孫當場僵住了。

三姑不甘休，先胡亂附和了句：「對對，你家十三從小就能幹，哎，那什麼，他薪水有多少？」

王鶯鶯隨隨便便打了八百字的腹稿，滔滔不絕：「薪水我沒問，說拿乾股的，將來要去Nike斯巴達克敲鐘，敲鐘無所謂，只要不是送終就行。錢還不是用來花的，我就關心他生活怎麼樣，你說頓頓外賣，魚翅海參的，就算一頓幾百塊，吃了也不健康啊。」

六婆找到破綻，奮起反擊：「那怎麼不找個保姆？」

王鶯鶯笑了，舌戰群窮：「像我家十三坐到Nike斯巴達克敲鐘這個位置，是要保守公司機密的，不能跟人住一起，沒有保姆，只有祕書。」

王鶯鶯的謊言自成一體，三姑六婆不得其門而入，差點惱羞成怒。

三姑說：「上班又不是做間諜，這麼神祕。」

王鶯鶯說：「你當過白領啊？」

三姑說：「沒有。」

王鶯鶯說：「那你懂個屁。」

王鶯鶯大獲全勝，劉十三屢次想衝出去打斷，但看看三姑六婆抓耳撓腮的樣子，再看看王鶯鶯眉飛色舞的神情，想到一件事：行李七八十斤，他一百三，王鶯鶯怎麼搬上拖拉機的？

劉十三沉默了一陣，回屋穿好西服襯衫，直著腰板踱著方步，加入戰局。

他拿捏下語氣，說：「趙阿姨、秦阿姨、張婆婆，你們都在啊？不好意思，一直加班，多睡了會兒。」

三姑六婆諾諾以對。

「應該的，注意身體。」

「我們就轉轉，回去了回去了。」

外人離開，祖孫倆四目相對，笑容雙雙突變。

劉十三怒喝一聲：「王鶯鶯！你幹嘛把我拖回來！」

王鶯鶯抄起一把豇豆，拔腿奔向廚房，邊走邊說：「小王八蛋，不把你拖回來，死在外面我都不知道！昨天一進門，看到你慘得……哎喲，慘得不行，我心疼啊……」

劉十三跟在她屁股後頭，義正辭嚴：「住口，不要假哭，你怎麼知道我住哪兒？誰跟你告的密？你是不是預謀很久了？」

王鶯鶯：「不跟你說了，我要炒豇豆了，山丹丹那個開花喲紅艷艷……」

溝通失敗，劉十三回房間給手機充電，發現未讀微信幾百條，首當其衝是自己被拉進了工作群。他心跳加速，進了公司的群，某種意義上，也算被一個集體接納。

群裡的訊息向上拉，都是搶紅包的訊息，夾雜員工們的表情包，喊著恭喜侯總、百年好合、早生貴子之類。

劉十三的手指慢下來。

在這個群裡，他能看到的第一條終究出現了，是張照片，KTV包廂內，男女面對面，男的正在給女的戴戒指。

劉十三的感知從未如此敏銳，他聽見風自林間來，像輕柔的手撫摸每一株植物，有點潮濕，因為風裡盛著小溪潺潺流動的聲音。然後這些像潮水般退去，早蟬的鳴叫一層層湧上來，彷彿將他包裹進刺痛皮膚的麻布袋子，又悶又暗。

他開始耳鳴，體內演奏交響樂，最主要的樂器是心臟，血液焦躁地湧動，嘴唇發麻，頭頂開裂。

劉十三發現，起初是前女友嫁人的悲傷，接著是自己不可描述的憤怒。生氣毫無意義，他從小告誡自己，但現在他極其憤怒，氣炸了，用智哥的話說，氣成狗。

工作群彈出幾條新的訊息。

「侯總今天晚上聚餐，我們訂幾個位子？」

「哦，這個吳嫂來統計吧，試用期的就算了，不用來。」

「好的侯總，小劉正好也請假了。」

「請什麼假？年假嗎？那不如請一年假好了。」

「沒關係的侯總，小劉不領薪水，請多久的假對公司也沒影響。」

「這樣，作為新時代的主管，我做個決定，給小劉放一年假，在這一年裡，小劉只要完成一單業務，我代表全公司歡迎他歸隊。」

工作群沉寂了幾秒，劈哩啪啦彈訊息。

「侯總這是有大將之風啊。」

「什麼大將之風，秦皇漢武，不過如此，數風流人物，還看侯總。」

「一年做一單，我以為侯總是企業家，原來是慈善家，我想歌頌侯總。」

「多謝大家的誇獎，不敢當，我是這麼想的，一年完成一單，如果做到了，那是微乎其微的成功；如果做不到，那是曠古絕今的失敗。也好讓小劉認清自己，早點規劃下半生。」

劉十三深深吸了口氣，打了一行字：「這樣不太好，一年的話，一千單吧。」

工作群再次沉寂。

劉十三又補了一行字：「加上侯總安排的那一單，一千零一單吧。」

「劉十三，你有種，你要能做到，我這個經理的位置讓給你。」

「那也不用，叫我一聲爸爸好了。」

「我去你媽，你要不行，跪下來叫我爺爺。」

「開玩笑的，不跟你玩亂倫。做不到，我離開這個公司，也不待在這個城市了。做到了，不用你付出什麼，這是我給自己的目標，跟你沒關係。」

發送完最後一條，劉十三再也不看回覆，手機鎖屏，走到窗前發呆。

3

柴火灶台早就不用了，擺滿瓶瓶罐罐，從胡椒到孜然，一應俱全。電磁爐燉著山藥排骨湯，豇豆炒完了，王鶯鶯手持鍋鏟，站在瓦斯爐旁，聚精會神盯著一鍋魚。

這是泡椒江團！

抱著公事包的劉十三，本來打算辭行，奔赴遠方去完成一千零一份保單，望見那鍋魚，不由自主嚥了口口水。

家常做魚，一斤半最方便入味。魚身斜劃七刀，刷一層料酒醬油，腹內塗鹽，塞打結的蔥、生薑塊、蒜頭，冰箱醃兩個鐘頭。油燒八分熱，先炸花椒，放魚煎到兩面金黃，倒進泡椒和一勺豆腐乳，加醬油、白糖、醋，中火燒沸，反覆澆淋。半碗水小火輕煮，出鍋的火候，就只有王鶯鶯知道了。

劉十三壯烈的心情，被一鍋魚搞得有點打折。

王鶯鶯說：「快了。」

劉十三說：「那我吃完再走。」

王鶯鶯說：「你跑啊，我告你遺棄老人。」

劉十三驚問：「要不要這麼嚴重？」

王鶯鶯說：「呵呵，我跪在天安門前告你。」

劉十三倒退一步，拍掌：「精彩啊。我怕你？反正盜竊罪判不了幾年！」

王鶯鶯一愣，說：「你偷了多少？」

劉十三伸出手掌比劃：「五千。」

王鶯鶯上下打量他，說：「不可能，錢箱一共才兩千多，我剛數過。」

劉十三嘿嘿一笑，說：「你錢箱鎖起來了，我拿你床頭櫃裡頭的……」

話音未落，鍋鏟已經朝著劉十三砸過去。

院門砰地炸開，劉十三連滾帶爬衝出去，站在門口喊：「王鶯鶯你注意公眾形象，我嚴重警告你，放過我行不行？」

一把漏勺飛出來，正中劉十三腦門，他捂著頭喊：「王鶯鶯，你多大年紀了，下手能不能有點輕重！」

王鶯鶯想想也有道理，下手還是太輕，拿出寒光閃閃的三叉戟，擺出楊戩二技能的造型。

這是叉臘肉的鐵棍，已經屬於正式武器，劉十三承受不起，二話不說轉身就逃。王鶯鶯這一追，連罵帶砍，煙塵滾滾，在劉十三的慘叫聲中，半里路一晃而過。下課鈴古老又清脆，劉十三蹲在圍牆上，扭頭一看是操場，被追到小學了。王鶯鶯拿鐵棍當拐杖使，彎著腰氣喘吁吁：「你給我下來！」

劉十三說：「下來就下來。」

他往圍牆內一跳，爬樹蹦上的牆，直接跳下去兩米多，落地踉踉蹌蹌往前衝了好幾步，依然站不穩，撲倒的過程中隨手抓住個東西，摔得七葷八素。

臉部著地的劉十三疼到說不出話，艱難地坐起身，才看到手裡抓著塊花布。

一群小孩剛準備解散，排成隊傻傻望著他。劉十三抬起頭，看見一雙光溜溜的大腿，繼續抬，看到一條內褲，再往上，看到氣得臉色通紅的程霜。

劉十三舉起花布，遲疑地問：「你的？」

程霜冷冷地說：「對，我的裙子。」

劉十三遞過去：「那啥，好久不見，你還沒死呢……」

程霜一把扯走，邊套邊說：「流氓，他媽的流氓！你死定了……」

王鶯鶯舉著鐵棍，從校門口衝進來。劉十三慌慌張張地倒退，語無倫次：「裙子我賠給你，但現在不是說話的時候微信轉帳都來不及我回頭給你打電話……」

程霜拳頭捏得嘎巴響，步步緊逼：「你根本沒我號碼，你現在就賠給我！」

王鶯鶯大喊：「你給我站住！」

程霜大喊：「我打死你！」

劉十三看見王鶯鶯高舉鐵棍，一躍而起。程霜一拳帶風，拳頭在眼前放大。他只能緊閉雙目，暴喝一聲：「阿彌陀佛！」

4

半小時後，劉十三渾身無處不疼，齜牙咧嘴醒來，結果動彈不得，心中慘然：王鶯鶯，你終於把唯一的外孫搞成癱瘓，等你年紀大也走不動，一老一少就這樣躺在床上，四目相對，互相吐口水，你會不會後悔？

王鶯鶯不後悔，笑得十分燦爛：「你醒了？來，小霜，我們捆緊點。」

劉十三定睛一瞧，人倫喪盡，自己被綁在椅子的靠背上。

劉十三怒斥：「王鶯鶯，你在破壞我的前途！程霜，都是年輕人，你不要參與我們的家庭矛盾！」

程霜忙著翻他的公事包，掏出一疊文件，王鶯鶯湊近了觀察，殷勤地說：「這啥，我看他特別寶貝，被打成那樣，還緊緊抱在懷裡。」

程霜驚喜地說：「外婆，他的業績單，倒數第一啊！」

一老一少查閱資料，聊得起勁，程霜把他的失戀事蹟也講了，添油加醋。王鶯鶯沉思道：「等於說，他在城裡一無所有，工作也保不住，好事啊，你還回去幹嘛？」

劉十三發出冷笑：「苦心人，終不負，三千越甲可吞吳。」

程霜一拍手：「說到三千，我那裙子Prada新款，三千，給錢。」

劉十三說：「外婆，你勸勸她，我們家沒有三千。」

王鶯鶯說：「誰說的，我有的，但我不給你。」

程霜又翻公事包，摸出一本用東信電子廠內部稿紙訂成的筆記簿。知道這是什麼的三個人同時沉默，劉十三開口：「我寫到本子裡去，只要放我回城，你們要什麼，我都給。」

王鶯鶯說：「我要你留下。」

劉十三說：「換一個。」

王鶯鶯說：「給我一千萬。」

劉十三沒想到王鶯鶯說換就換，咬牙說：「好！」

王鶯鶯說：「寫上去寫上去。」

外孫的筆記簿是神聖的，王鶯鶯一點也不懷疑，上面寫下的每個字，外孫都會拚命。

程霜同樣瞭解，喜出望外：「快快快，外婆，我的裙子也寫上去，你不會英文我來……Prada……」

面對裡應外合的敲詐勒索，劉十三孤掌難鳴，認了：「我開玩笑的，你們喜歡綁我，那就綁著吧，閒來無事，我跟你們講個故事。從前有隻金雞，長大後能下金蛋，前途無量，一年能下出個阿富汗，誰知道金雞的外婆急著過年，就夥同光屁股把金雞給綁了……哎，你們戳我幹嘛，還戳我傷口！」

王鶯鶯歎口氣：「從小到大，你都要去城裡，我也沒攔著，但你總得讓我放心啊……」

劉十三低頭，小聲說：「我有很重要的事情，輸了的話，我就真的一無所有了。」

5

桃樹下三個馬札椅，聽了劉十三的敘述，程霜義憤填膺，來回踱步：「又是那個小平頭！」她裙擺撕破了條口子，晃來晃去，祖孫倆被她晃得眼暈。

程霜立定，一揮胳膊：「外婆，我們幫他。如果他被打垮兩次，會有心理疾病，時間久了不孕不育。」

王鶯鶯也覺得這是大事，手中盤著雞蛋，飛速思考：「回城吧，保險還是賣不掉……不如在鎮上碰碰運氣，全鎮兩萬多人，一千零一份保險，基本全鎮每家每戶都要上門……就這麼定了，中國人辦事，靠的都是關係，十三的關係就在這裡。」

劉十三說：「跟我關係最近的就是你，要不你先買一份。」

王鶯鶯破口大罵：「小王八蛋，我是你外婆！為什麼要掙我的錢！」

程霜若有所思：「對，去找牛大田吧，他開賭場，賺的是不義之財，讓他通通去買保險！」

牛大田開賭場？鎮上最多只有棋牌室吧，等下，不義之財？牛大田發財了？劉十三正要說話，發現程霜拿著筆記簿又寫字。

劉十三問：「程霜你幹什麼？」

筆記簿寫好「工作拍檔，程霜」，她拿口紅塗手指頭，摁印，本子拍在劉十三胸口，雄壯地說：「這是神聖不可動搖的計畫，不拋棄，不放棄。一千零一份保險對吧，拚了。」

王鶯鶯搖頭讚美：「小霜擔心你連牛大田都搞不定，鐵了心幫你。你運氣多好，有這麼個朋友。走，小霜，去吃泡椒江團。」

劉十三渾身麻木，不知道是被綁得久了，還是太震驚。

6

大家一起吃了頓中飯，程霜介紹了自己為什麼第二次抵達小鎮，核心原因還是羅老師。羅老師提倡全面發展，改革學校體制，說服校長重視學生全面發展，暑期補習班增加了繪畫。程霜自告奮勇，千里迢迢跑來做美術代課老師。

程霜放下碗筷，伸個懶腰，說：「這裡和十幾年前沒什麼變化，真美啊，多活一天都是賺到的。」

劉十三說：「那我跟你換個身分，你做當地人。」

王鶯鶯說：「光屁股都被大家看見了，已經算當地人了吧？」

劉十三一聽，覺得這話沒法接，再看程霜怒氣又要勃發，趕緊強行瞎扯：「沒有沒有，她穿內褲的。」

程霜問：「什麼顏色？」

劉十三答：「太美了，刺眼，沒看清。」

程霜冷冷地說：「久別重逢，開心嗎？」

劉十三端著碗的手在發抖，說：「開心。」

王鶯鶯左右瞧瞧，小聲說：「久別重逢，一上來就脫人家裙子，當然開心了。」

劉十三驚得碗掉了：「不開心，但是特別溫馨，那什麼，溫暖了整個夏天。」

程霜摸著下巴，思索道：「這兒挺熱的，我是不是曬黑了？」

話題轉移，劉十三鬆了口氣，夾了一筷子魚肉，說：「怎麼會，你那麼白。」

程霜說：「紫色好像不適合我。」

劉十三說：「挺好的，顯得你腿更白。」

程霜說：「你看得挺仔細啊。」

劉十三夾菜的手頓住，緩緩收回來，腦子瘋狂轉動。王鶯鶯見勢不妙，往飯碗裡連夾幾筷子豇豆，偷偷溜出去。程霜去摸叉臘肉的鐵棍，劉十三更加慌張，喊：「王鶯鶯，你別走！」

王鶯鶯諂媚地對程霜說：「家裡有碘酒，不怕受傷，你往死裡打。」

7

雲邊鎮的暑假很悠揚，天再熱，山澗水流永遠冰涼，隨便找一片樹蔭，就能睡一天。小學時劉十三和牛大田只穿短褲，到河裡抓魚，找王鶯鶯燒一鍋雜燴，然後兩人坐在院子裡，啃著西瓜等晚飯。

國中念完，牛大田不再讀書，要去銅鑼灣找山雞。劉十三告訴他，銅鑼灣在香港，隔了一片海，於是牛大田拿了個車胎天天練游泳。

劉十三讀高中，牛大田沒去成香港，跑到安徽就被人拐走。犯罪份子本來想培養他偷車，誰知道他吃飯太厲害，犯罪份子給了他路費，牛大田又回到小鎮。

劉十三盤算著牛大田的資料，略有懈怠。雖然生平以努力為己任，但戰場風雲變幻，轉眼地圖換到小鎮，他一時間消化不了。

次日往街道中心地帶而去，同行的程霜沿途不停嘀咕：「牛大田素質低，說不定會動手動腳，指望不上你。」

劉十三臉上滿是OK繃，說：「我和他兒時玩伴，坦誠以待，問題不大。」

程霜背著手走路，一蹦一跳：「人是會變的。」

紫色山嵐即將沉澱，程霜六點下課，劉十三遵守約定，等她一塊兒出發，還沒找到牛大田已經黃昏。

以往的糧油站改頭換面，鐵門敞開，陰森森的。劉十三緊張起來，吞吞口水：「牛大田什麼情況？要搞賭場，柴房放個麻將桌，每桌收十塊錢台費，不是簡單多了。」

程霜鄙視他：「你說的那個規模不叫賭場，叫老頭樂。」

劉十三拖延邁步的節奏，說：「仔細想想，牛大田在進行違法行為。我要跟他劃清界限，今天就不去了。」

程霜抓著他往裡衝：「你們不是兒時玩伴嗎？如果他犯法，你就是同犯，進去進去，我們也賺點黑心錢。」

劉十三反手扣住她手腕，輕聲說：「打架了。」

路邊一個中年婦女坐倒在地，頭髮散開，手還緊緊攥住一個男人的衣角，哭著喊：「你別去，錢你拿走沒事，但不能賭博啊……」

男人用力扯她的手：「拿到了就是我自己的錢，關你屁事，滾滾滾。」

中年婦女咬著牙，死命不鬆手。男人作勢要抽她耳光，看她眼睛一閉，他便也不動了，說：「你這麼下賤，當我求求你，以後別來找我了。」

中年婦女不吭聲，只是哭，也不鬆手。男人額頭青筋跳了跳，說：「他媽的，你放不放手！放，不，放，手！」他說一個字，猛踹中年婦女一腳，四個字踹了四腳，終於把她踹開。

中年婦女滿臉泥灰，用手擦眼淚的時候，就畫出幾道黑印子，哽咽著說：「你怎麼能說我下賤，我下賤嗎……」

男人說：「你知道我怎麼看你的？」

他惡毒地盯著女人，卻沒說話，猛地吐了一口口水在她身上。

程霜捏緊拳頭，就要上去，賭場走出警衛，往外推那男人：「毛志傑，他媽的你也夠了，搞成這樣今天別打牌了。」

毛志傑說：「你幹什麼，不做我生意？」

警衛說：「這不天快黑了嗎，趕緊弄你的大排檔，別搞得大家沒夜宵吃，明兒再來吧。」

毛志傑哼哼幾聲，騎著電動機車走了。中年婦女顫顫巍巍站起來，警衛看她一眼，搖搖頭，遞給她一瓶礦泉水，中年婦女連聲感謝。警衛說：「一個鎮上的，謝什麼。你就別管毛志傑了，他這個人，沒救。」

中年婦女把礦泉水砸回，說：「怎麼沒救，要不是你們，志傑會這樣？」

警衛愣了一下，轉身就走：「我操，老子再也不管了。」

程霜攙扶那個女人，她勉強站穩，說：「不好意思，那是我弟弟，讓你們看笑話，對不起。」

程霜覺得匪夷所思，問：「大姊，親弟弟嗎？親弟弟怎麼把你打成這樣，我們送你去醫院。」

女人搖頭，說：「不用了，謝謝你……」

劉十三看她顴骨都被踢腫，想拿紙巾給她，手掏進兜的剎那，突然認出來了。

「毛婷婷？婷婷姊？」

這張臉衰老許多。曾經的毛婷婷，公認全鎮第一美人，開一間理髮店。劉十三記憶中，她眉宇乾淨，順滑的頭髮掛到肩膀，一絲不亂。如今兩鬢染白，衣衫撲塵，臉上全是泥灰。

毛婷婷瞪大依然秀氣的眼睛，一瞇，笑起來：「十三，你回來啦？」笑容牽動傷口，讓她眼淚和笑容一起出現。

劉十三不知該如何反應，毛婷婷趕緊說：「那，你忙你的，我先走了。」她慌亂離開，劉十三望著賭場大門，突然覺得，面前的路似乎比想像中艱難。

第七章　未曾見過的山和海

在遙遠的城市，陌生的地方，
有他未曾見過的山和海。

1

七月的天色，哪怕黃昏都是清透的，脆藍泛起火燒雲，空氣平滑地進入胸腔，呼吸帶著天空的餘味。小鎮的街道狹長，十字岔路正中間有口井，偶爾來人打水，圖一些涼爽。路過電影院，劉十三駐足了一會兒，七八級淺淺的石頭台階，一面斑駁的海報牆，貼著越劇團演出的佈告。這一切唯獨小鎮有，它站在劉十三的童年，既不徜徉，也不漂流，包裹幾代人的炊煙，走得比劉十三慢很多。

智哥曾經對劉十三講解過流行文化，他說一線城市活在當下，二線城市落伍三年，其他的再落伍三年，至於縣城小鎮起碼再落伍三年。潮流剛剛興起，傳播到山坳裡，早就過氣。智哥憂鬱地說，正如浩瀚宇宙，你望見璀璨星光，滿心沉醉，其實它穿越無數光年，你望見之際，說不定這枚星辰毀滅已久。

智哥堅定地說，我要逆光而上，追溯無數光年，去一線城市發展。

今天風有些大，劉十三心想，吹得陽光都開始晃。程霜拽著他，走進賭場，場內放著陳小春的〈情瘤感菌〉，裝修風格恍惚間很熟悉，應該是牛大田直接從陳年港片獲得的靈感。牌桌明顯不是統一購買，排列雜亂，滿屋人頭，擠來擠去，帶路的光頭警衛問：「你們找牛總？」

劉十三說：「對，我倆小學同學，感情深厚……」他準備詳細解釋，光頭警衛卻一下子相信了，熱情地攬住他：「牛總兄弟，就是我哥！這位……嫂子唄！哥哥嫂嫂，走親戚的吧？有地方住嗎？別去賓館，來我家，寬敞！」

劉十三斟酌斟酌，想打聽賭場消息，還沒開口，光頭警衛竹筒倒豆子全說完了：「這兒糧油站改的，又高又平，冬暖夏涼。牛總本來做的是棋牌室，後來他發現這兒離派出所比較遠，立刻起了邪念，允許大夥賭點錢。被掃蕩過幾次，牛總大力改革，直接發零食當籌碼，一顆花生五十，一顆蠶豆一百，員警一來，就說桌上的是小吃，哈哈哈哈，這麼好的地方，這麼好的創意，牛總真是我們鎮的風流人物。」

光頭又說，牛總發達之後沒有忘本，收留全鎮無業青年做警衛，他們感激不盡，準備給牛總建個牌坊。他眉飛色舞：「廣場那邊有塊現成的石頭，我們連夜搬進來了，你們看！」

角落果然矗立著石碑，上面工整地刻著：節約用水。右下方歪歪扭扭刻著：牛總萬歲。

程霜嚴肅地問：「這是偷的吧？」

光頭莊重地答：「應該算撿的，擺在外面肯定是人家不要的東西。」

旁邊一桌熱火朝天鬥地主，程霜啪地一拍桌子：「牛大田在不在？」鬥地主群眾憤怒地瞪她，她毫無愧色：「大鬍子偷牌！」

群眾唰地回頭，大鬍子訕訕捏張黑桃A，藏也不是，扔也不是，略尷尬。群眾正要掀桌，程霜又喊：「牛大田究竟在不在！」

群眾頓時混亂，不知道先掀桌子好，還是先回答她好。程霜重重歎口氣：「賭博的人腦子都不好使嗎？」

程霜侮辱全場，劉十三惴惴不安，一瞬間思索了許多，憑什麼啊？長得好看就可以沒素質嗎？雖然的確可以，但別人在賭博，帶著錢來的，有錢的人更沒素質，她不怕被打嗎？

看樣子她不怕。

劉十三溫和地說：「你看，我們來做客，安安靜靜跟著警衛去找牛大田，攪了人家的局多不好。」

程霜小聲說：「可我就是去攪局的啊。那個老頭已經輸得快中風，他右邊男人拿著女式錢包，估計偷了老婆的。還有你沒聽見，那位大嫂打電話，明顯在罵自己家小孩，晚上沒飯吃讓他們趕緊睡覺。我知道根本阻止不了，每天這些場景都會重複發生，但今天我來了，我樂意，我要去做。」

劉十三說：「我也樂意，我也想報警把他們抓起來，可我並不衝動。為什麼？因為成年人做事要考慮後果。」

程霜說：「你不用慚愧，不用給自己找藉口。我跟你不一樣，我沒時間去想太多。如果每件事情都算來算去，那麼等到想明白，可能就來不及做了。」

被她這麼一講，搗亂變得很偉大。

2

光頭警衛把他們帶到經理室，推開門彙報：「牛總，你小學同學到了。」

面前是放大版的小學同桌，襯衫西服撐得鼓鼓囊囊，臉大嘴大，手短腳短，盤腿坐在沙發上啃玉米。牛大田一愣神，丟下玉米，西服衣襟擦擦手，一腳踩進塑膠拖鞋。

劉十三張開懷抱，牛大田張開懷抱，兩位髮小歡笑著迎向對方。望著圓頭圓腦的牛大田，往事激蕩心頭，劉十三幾乎流出熱淚。兩人互相走了幾步，劉十三剛要說話，牛大田筆直地穿過他身側，緊緊抱住程霜，嗚咽著說：「是你嗎……我……」

他話沒說完，圓滾滾的身軀嗖地飛起來，被程霜一個完整的過肩摔，砸平在地面。

劉十三連忙按住殺氣四溢的程霜，牛大田仰面躺在地上哼哼唧唧，爬不起來。

光頭警衛訓練有素，掏出對講機：「洞三洞三，我是洞七，卡布奇諾灑了，招呼兄弟們都過來馬殺雞。」

劉十三聽懂了暗號，賭場出現狀況叫「卡布奇諾灑了」，至於「馬殺雞」可能是要動手的意思。

牛大田喊：「不用不用，誤會誤會。」說完搖搖欲墜地站起身，臉上還帶著笑意。劉十三有點震驚，牛大田要有一顆多深沉的心靈，才能在被打之後還露出色瞇瞇的微笑。

牛大田說：「程霜啊，你力氣真大，這都多久沒見了，哦，旁邊這位是你表叔嗎？」

劉十三再次震驚，自己發育得太英俊了嗎？牛大田認出了程霜，卻認不出他。他只好指著臉說：「是我啊，劉十三。」他的指點引發牛大田的記憶，做出若有所思的表情。

劉十三想到一首詩：若再見你，時隔經年，我將以何致你，以眼淚，以沉默。

牛大田選擇以我了個去！

「我了個去，劉十三，你不是在西班牙發大財買海島了嗎？飛回來多久？」

「我了個去，王鶯鶯說的話你都信！」

「這麼說你沒錢？」

「當然很窮了！」

牛大田哈哈大笑，氣氛轉眼親熱起來，劉十三忍不住猛拍牛大田的肩膀。他以為這是情感的表達方式，猶如往昔。結果牛大田冷笑看著他的手，掏出對講機：「洞三洞三，我是洞八，卡布奇諾灑了……」

劉十三立刻舉手投降，牛大田冷笑著收回對講機。

程霜說：「劉十三，他知道你窮之後，氣勢都變了。」

「怎麼個變法？」

「本來看你像朋友，現在看都不看你。」

劉十三記起以前智哥的理論，一下子明白了。牛大田現在是成功人士，劉十三現在是失足青年，即便血濃於水，也會被這個差距拉開。

「牛總真會開玩笑，牛總坐，我今天過來有事拜託你。」他盡量自然地拿出保險合同，盡量忽略身邊程霜的目光。

那目光太疑惑，看了會心酸。

牛大田翻翻紙：「程霜，你倆怎麼在一塊兒？」

劉十三說：「你看的那份，叫重大財產保險，最適合家大業大的人。」

牛大田說：「前幾天聽說你回鎮上小學，當代課老師，本來想去看你，太忙了，一起吃飯？」

劉十三說：「下面那份，叫員工保險，你洞三洞七那麼多員工，肯定需要。」

牛大田說：「要不就現在吧？」

劉十三終於發現，牛大田對程霜的興趣遠遠超過保險，只能最後一搏。

他把合同交到程霜手上，真誠地說：「搭檔，你來跟客戶溝通比較好。」

程霜沒接，震驚地打了個嗝：「你看不出來他在調戲我？」

「看得出啊，這有什麼呢？要不是怕你打我，我也調戲你。」

「我不願意出賣美色。」

「你除了美色還有什麼可出賣的？」

程霜想了想，可能真的覺得有道理，拿保單遞過去：「牛總，你要是簽了保單，我陪你吃飯。」

「多少錢？」

「三千一份。」

牛大田一聽，掏出了對講機：「洞三洞三，這裡是洞八，卡布奇諾灑了……」

程霜見勢不妙，趕緊按下對講機：「你不買可以，為什麼喊人？」

牛大田氣憤地說：「我本來只想請你吃串燒，你卻要我三千塊。以為你還是趙雅芝嗎？呸！我已經不喜歡趙雅芝了！」

程霜後退一步，快速小聲對劉十三說：「糟糕，沒想到我只有烤串程度的美，賣不掉保單。」

劉十三說：「問問自己，盡力了嗎？」

劉十三下半句是，盡力就沒有遺憾，誰知道程霜雙眼一亮，猛站起來：「對！我還有辦法！牛大田！你不簽保單，我報警抓你，掃了你的賭場！」

牛大田操起對講機，大吼：「洞三洞四洞五洞六洞七！鐵觀音灑了！」

門轟然打開，賭場警衛爭先恐後擁入，劉十三一眼掃過去，發現基本認識，小學班級倒數幾名，沒想到成年後還不離不散。

他們也認出劉十三，雙方生硬地打起招呼。

「十三，回來啦？」

「回來了回來了，吳益你長胖了。超哥！哎呀，超哥！現在不方便，不然我真想抱抱你！」

「不方便不方便，你別過來，就這樣挺好。」

小學聚會被牛大田破壞，他揮動雙手：「抓住這兩個！他們要報警！」

警衛們紛紛猶豫，腳步挪動得很碎很遲疑。劉十三有點感動，這幫人比牛大田懂得感情，可能因為也很窮的緣故。他緩緩收拾保單，捋齊，說：「不記得我，沒關係，不認我這個兄弟，也沒關係。算了，說這些沒意思，大家都挺失敗的，我連個保險也賣不掉，夠失敗了吧？以為你比我強點，結果你就在鎮上騙騙父老鄉親的錢，不覺得可憐嗎？」

警衛們上來勸：「少說兩句，牛總生氣了，萬一真打起來怎麼辦？」

劉十三整理好保單，拉拉程霜：「走吧。」接著望了眼小學同桌，說：「牛大田，你真沒勁。」

牛大田猛地跳腳，吼：「別喊我牛大田，我叫牛浩南！我爹沒文化，他媽的我自己不能改名字嗎？就他媽老覺得我沒文化是吧？上過大學有多了不起！別他媽的再喊我牛大田，我叫牛浩南！」

劉十三說：「好的好的，牛大田。」

牛大田額頭青筋凸起，拳頭握得咯吱咯吱響：「你再喊一遍。」

劉十三說：「好的好的，牛大田。」

牛大田一個箭步，揪劉十三的衣領。程霜抓他手腕，過肩摔沒摔成，警衛們全部撲上來，屋子裡雞飛狗跳，亂成一團。劉十三後腦勺吃了一拳，頭暈眼花，跌跌撞撞滑倒，掙扎著想爬起來，警衛們死死壓住他。

劉十三不能動彈，嘴裡還在喊：「牛大田！你偷校長家的鴨子！牛大田，你燒鎮長家的茅房！」

程霜去掰警衛的胳膊，說：「鬆開，你們給我鬆開。」

牛大田說：「你再喊一遍。」

劉十三說：「牛大田。」

牛大田說：「揍他。」

程霜舉起一張紙，喊：「牛大田，你要不怕被抓，就老老實實放我們出去。」

牛大田氣得笑了：「我今年二十四歲，生平第一次看到有人用保險單來威脅我。」

那張紙四四方方，潔白纖薄，舉在程霜手裡微微晃動，她喊：「睜大你的牛眼，看看清楚，這是張病危通知書！」

聽到病危通知書五個字，全場集體沒了聲音，大家不知道和當下有什麼聯繫，只是覺得這五個字很可怕，似乎不能輕舉妄動。

場面安靜，只有程霜發言。

「上面寫得很清楚，我這個病情緒不能激動，肢體不能遭受劇烈碰撞，萬一我內出血死在當場，你，你，你，你，還有你，你們都是殺人犯！」

牛大田張大嘴巴，說不出話，程霜指著他，氣勢逼人：「牛大田，你是主謀！關進去兩個月就槍斃！」

牛大田驚呆了，摸摸下巴，肚子上的襯衫扣子綳開一顆，他顧不上撿：「你不早說，這是怎麼了，真的假的……」

劉十三傻傻望向程霜，她臉蛋紅撲撲，努力保持莊嚴和鄭重，穿著王鶯鶯替她補好的裙子，針腳藏進內側，幾乎看不出來。

一滴汗滴到眼角，程霜偷偷擦了擦，依然高舉自個兒的病危通知書，跟革命鬥士一樣壯懷激烈，全場被她唬住。

劉十三心裡一陣疼，空空蕩蕩地疼，茫然起身，推開警衛，從程霜手裡拿過去那張紙，看得清楚，醫生蓋章，簽名，醫院蓋章，嚴謹真實。

原來她從來沒有撒謊。

程霜隨時會死的。

牛大田說：「那啥，你們願意喊我啥，就喊我啥吧。對了，肚子餓不餓？洞三洞三，去買點烤串回來……」

3

那年暑假，所有植物的枝葉，在風中唰唰地響，它們春生秋死，永不停歇。

田野邊的小道，少年騎一輛自行車，載著女孩。

女孩說：「我生了很重的病，會死的那種。我偷偷溜過來找小阿姨的，小阿姨說這裡空氣好。」

女孩還說：「我可能明天就死了，我媽哭著說的，我爸抱著她，我躲在門口偷聽，自己也哭了。」

女孩聲音很低很低地說：「所以你不要喜歡我，因為我死了你就會變成寡婦，被人家罵。」

劉十三沒有回應，因為背上一陣濕答答。那麼熱的夏天，少年的後背被女孩的悲傷燙出一個洞，一直貫穿到心臟，無數個季節的風穿越這條通道，有一隻螢火蟲在風裡飛舞，忽明忽暗。

4

電影院小小的，程霜坐在門前台階上，路燈打亮水泥地，牆角滿滿簇簇的月季花，她說：「小鎮太溫柔了。」

劉十三和她並排坐，撓撓頭：「怎麼會溫柔，剛剛還打架。」

程霜仰起臉，月亮掛在半空，小鎮背倚起起伏伏的峰巒，山形邊緣浮動銀白色。附近幾戶人家菜香飄過來，她聞了聞，陶醉地說：「馬鈴薯炒雞塊嗎，還有青椒味兒。」

「明天讓王鶯鶯給你做。」

程霜回過頭，眨巴眨巴眼睛：「所以說，小鎮多溫柔啊。」

看程霜那麼輕鬆，劉十三接不住。他面對一個隨時可能消逝的女孩，不知道該怎麼聊天。生命這個話題，對劉十三來說過於宏大，無從聊起，最多聊一些眾所周知的哲理。他是有困惑的，四年級開始，到昨天到今天，面對面了，可以問什麼呢？你要死啦？還能活多久？醫生怎麼說？他想，可笑，問什麼都無能為力，簡直可笑。

程霜伸個懶腰，說：「這玩意兒我多了去。」

「什麼？」

「病危通知書啊，從小時候到現在，我收到過很多次了。」

劉十三接不住，他甚至想不到應該怎麼反應，只能死死盯著牆上露出的紅磚，腦子空白。程霜看他一直沉默，問：「明天繼續吧，一定要拿下第一單，有沒有信心？」

劉十三走神中，皺著眉頭，盯著紅磚。

程霜大怒，踹了他一腳：「你搞什麼鬼，不就是弄砸保單嗎？還給我臉色看！」

劉十三說：「我沒給你臉色看。」

程霜欣然說：「沒給就好。路口那家麵館不錯，我們吃麵去。」劉十三還沒解釋完，她已經往麵館走了。猝不及防的劉十三跟在後頭，浮想聯翩，誰找程霜做女朋友，生活多麼輕鬆呵！比如，「你跟那個女孩什麼關係？」「朋友關係。」「朋友就好，我們吃麵去。」再比如，「你白天為什麼不理我？」「我要工作。」「工作就好，我們吃麵去。」

5

麵館的年紀，比劉十三大。能成為老店，說明它已經成為人們的生活習慣，每一道工序，都是為當地人的口味服務。機器軋的掛麵，沸水中一攪，抄進湯碗，加澆頭。紅燒大腸、蔥油大排、梅乾菜肉絲、香油薺菜、青菜牛肉，通通八塊一份，送煎蛋或水波蛋任選。

兩人實在餓了，端著澆頭堆起來的麵，屋裡幾張桌子客滿，等不到座位，找個角落蹲下來開吃。程霜紮緊馬尾辮，也不管穿的是裙子，蹲在那兒筷子舞得飛快，含混不清地說：

「真好吃，哈哈哈哈，賺到了……你別拉我裙子！」

「你說什麼？」

「我說，別拉我裙子！」程霜怒火熊熊，一轉身，發現劉十三蹲在幾步外，並未動過，一臉無辜地吃麵。

劉十三頭扭過來，目光逐漸驚恐，麵卡在嘴裡，順著他的目光，程霜低頭，看見一隻小手，一雙含著淚光的大眼睛，委屈到噘起的小嘴，衝她弱弱地喊：「媽媽。」

整個麵館突然沉寂，轟然爆發一陣叫好聲。劉十三聽到腦後傳來打擊樂，老闆用湯勺敲著鍋邊，為歡呼打起拍子。

場面太詭異，程霜一手小心翼翼地扯回裙角，一手端著麵碗，語無倫次：「嘎哈嘎哈你嘎哈？」

小女孩再次開口，帶著哭腔：「媽媽，我餓。」

劉十三倒吸一口冷氣。一切有了解釋，程霜為什麼東奔西跑，為什麼再回小鎮，原來她親生女兒在這裡。她逃避到天涯海角，還是逃不過自己的良心！母女相遇了，可悲啊，也不知道這孩子的父親在哪裡！

小女孩又怯生生對他喊：「爸爸。」

劉十三渾身一震。

小女孩繼續說：「爸爸，我餓。」

她渴望地看著劉十三的麵碗，裡面躺著半塊大排。劉十三慢慢把碗遞給她：「孩子，飯可以亂吃，話不能亂說。程霜，你負點責任，讓她叫我叔叔。」

小女孩甜甜一笑：「謝謝爸爸，爸爸最好了。」說完湊過來，在蹲著的劉十三臉上吧唧親了一下。

老闆「哐」地一敲湯勺：「恭喜你們，一家團圓！」

小女孩的戲十分飽滿，她踮著腳，夾起半塊大排放到程霜碗裡：「媽媽先吃。」

程霜手裡的碗抖得很厲害，說：「小朋友，我不是你媽媽。」

劉十三說：「她可能不是你的媽媽，但我一定不是你的爸爸！」

小女孩驚慌失措，嘴巴一扁，淚珠滾滾：「爸爸媽媽又不要我了！你們真的不認識球球了嗎？」人物連名字都出現，事情更加鄭重了。全體顧客和老闆唉聲歎氣，彷彿程霜和劉十三真的拋棄骨肉。

一桌中年男女加了份鹹菜，激情評論。

中年男說：「作孽啊。這兩個年輕人心腸真硬。」

中年女說：「你心腸軟，你去把小孩領回來。」

中年男說：「你看你看，他們認祖歸宗的大喜日子，你發什麼火，吃麵吃麵。」

劉十三冷笑，全部站著說話不腰疼，坐著說話更快樂，事到如今，趁大家都在關注程霜，自己躲遠點比較好，哪知程霜在輿論漩渦中，緊緊抓住了他：「現在不開玩笑，這真不是我孩子。」

劉十三問：「那你孩子在哪裡？」

程霜氣到打嗝：「我沒有孩子！」

劉十三說：「姑且相信你，你先拖住，我去買個單。」

陰險的劉十三奔向門口，褲管被人一拉，他朝下看，叫球球的小女孩無情地開口：「爸爸，不要走。」

程霜差點樂出聲，兩個受害者輪流幸災樂禍，一點解決的辦法都沒有。球球左手拉劉十三，右手抱程霜大腿，畢竟年幼，控制不好演技，笑得眼睛都瞇起來了。

劉十三明白了，這小女孩是個詐騙犯，而且是個慣犯，現場其他人顯然早就知道這點。他平復心情，絕地反擊，對球球說：「一起走一起走，該回家了。」說著抱起球球，大步流星。

圍觀群眾不由得擔心：「真帶走啊？」

「球球有危險。」

「怎麼這樣呢？平時給個十塊錢就完事了。」

中年男長歎：「造孽啊！」

中年女一摔筷子：「我看你今天是非常活躍了！」

6

街上行人不多，天光幽幽，可以聽見自己踩落青磚的腳步聲。程霜圍著劉十三轉，問：「真的接回家？」

劉十三把懷裡的小女孩托了托：「那當然，白送的小孩誰不要。」

球球慌了，掙扎著拳打腳踢：「我警告你們，拐賣兒童是要槍斃的，旁邊就是派出所，你們別亂來！」

劉十三徑直往派出所走，球球傻眼。

雲邊鎮派出所崗哨亮著燈，劉十三跟掃地大爺打個招呼，走進一樓。換成本地民警，大概很快能判斷情形，可惜今晚值班的是個外地新人，調職過來不到半年。

按照新人民警的初始判斷，這是一家三口，男人無知，女人幼稚，小孩眼圈紅紅受盡委屈，發生什麼比較明顯。他闔上紀錄本，決定開始調解家庭矛盾。

球球眼睛亮了，局面混亂，跟團康「狼人殺」很接近。原本屠邊局，兩個神一匹狼，狼穩輸，但突然出現村民，村民還是個白癡，事情就有轉機。

新人民警隨便問問：「你們倆什麼關係？」

球球強勢發言：「爸爸媽媽的關係。」

新人民警了然：「夫妻關係是吧？」

劉十三試圖挽回：「你別聽這個小騙子的話，我跟她普通朋友。」

球球補充發言：「他們吵架了。」

新人民警同情地摸摸她的頭，說：「那就是有矛盾的夫妻關係對吧。」

劉十三心急如焚，神經病啊，查查戶籍水落石出，非要聊天談心。他摸出身分證，塞給民警：「道理講不清，不如看事實，我用身分證擔保，我說的是實話！」

程霜按住劉十三，他現在特別混亂，已經是個豬隊友了。

程霜條理清晰地分析：「員警同志，我倆關係問題不重要。這孩子拉著我們喊爸爸媽媽，可我們的確不認識她。要嘛認錯了人，要嘛在開玩笑，但她的真實父母，這會兒一定很著急。」劉十三拚命點頭。

新人民警沒被說服，還生氣了：「大人吵架，不要往孩子身上撒氣。你們先別說話，冷靜一下。」

本來很冷靜的，程霜手一抖，差點把劉十三的胳膊捏碎。

新人民警用最親和的語氣問：「小朋友，你爸爸叫什麼名字？」

球球說：「劉十三。」

劉十三瘋了，她什麼時候知道了自己名字？

新人民警換了副嚴肅的面孔：「那你呢，叫什麼名字？」

劉十三斷然說：「我叫劉阿平。」

新人民警一拍桌子：「你身分證上明明寫的是，劉十三！」

什麼身分證，對，自己剛剛硬塞給他的，劉十三呆若木雞。新人民警喝口茶，放下杯子：「情況嘛，我已經很清楚了。」他真誠地抱起球球，說：「你們放下對各自的仇恨，打開父母的心，看看這孩子。」

兩人看球球，她咧嘴一笑，笑得飛揚跋扈。

新人民警動情了：「哪怕，我說哪怕，你們要拋棄她，她依然這麼懂事，連哭都不敢哭。你們這些年輕的父母，只顧發洩情緒，會帶給孩子多大的童年陰影！我外地來的，老家經濟水準不高，小時候爸媽也經常吵架，吵得凶了，打起來，家裡東西都給砸了。我躲在陽台，捂著耳朵，一直哭一直哭，別看我現在沒事，晚上還會作噩夢，喊，媽媽別哭了，爸爸別打了！」

新人民警越講越酸楚，程霜和劉十三越聽越悲哀。

劉十三做最後的努力：「同志……」

新人民警倏地起立：「我夜夜驚醒啊！再看到一個孩子在重複我的悲劇！你說我能忍嗎？」

兩人趕緊搖頭。

新人民警說：「你們記住，我叫閆小文！再讓我看到你們遺棄兒童，我保證嚴格執法，法不容情，先扣你們！關押二十四小時！聽到沒有？」

兩人趕緊點頭：「聽到了聽到了！」

新人民警重重頓了茶杯，用手指點著兩人：「回去不准吵架！有空我去家訪，這孩子說你們一句不好，先扣你們！關押二十四小時！聽到沒有？」

「聽到了聽到了。」

「還不趕緊帶孩子回家！」

7

小鎮有院子的人家，都是矮牆，牆頭會裝幾盞燈，照亮路燈照不到的地方。高高的電線桿上段，用鋁圈箍著，也裝著白熾燈泡。電線的影子投在路面，各戶牆下都開著花，看家的狗懶洋洋地坐在門檻邊，偶爾叫幾聲。

球球趴在劉十三的後背，頭枕著他的肩膀，手拿程霜剛買的巧克力，志得意滿。

球球說：「媽媽，我想聽故事。」

程霜憋了一會兒，說：「從前啊，山裡有隻小熊，遇到一群小白兔。你猜怎麼著？」

球球的聲音含含混混：「怎麼著？」

程霜說：「全部都死了。」

劉十三嚇了一跳：「你這麼說不太好吧？」

程霜努了努嘴，劉十三側頭一看，小朋友折騰累了，已經睡著，發出細細的呼聲。

劉十三搖搖頭：「現在怎麼辦？」

程霜打個哈欠：「這麼晚，你先帶回家，明天再說。」

劉十三當場反彈：「小孩先找的你，你是她媽，要帶你帶。」

程霜迅速拒絕：「明天上課，我沒時間，媽怎麼了？她還叫你爸呢！」

兩人聲音有點大，球球矇矓醒來，揉著眼睛說：「爸爸媽媽不要吵架，球球害怕。」

兩人趕緊低聲下氣：「不吵不吵。」

球球的聲音越來越小：「爸爸媽媽都在，球球好幸福。」小到聽不見，又睡過去。

程霜說：「這小孩挺可憐的，也沒大人找，你帶回去問問外婆。」

「這會兒王鶯鶯應該睡了。」

「不能明天問啊？」

劉十三只好認栽：「行。」

球球說夢話：「爸爸。」

劉十三顛了顛背，穩穩托住她，回答：「在呢。」

8

劉十三挑了件短衫，再將睡褲從膝蓋剪開，疊好放進浴室，給球球放水洗澡。他輕輕拍了下她的頭，球球睡眼惺忪地嘟囔：「大人的衣服太難看了。」

「少囉唆。」

劉十三帶上門，洗了她的小衣服，晾好，明早會乾。球球洗完澡，穿得極不合身，短衫都快拖到地上，她爬到劉十三的床上倒頭就睡。

桃樹下的竹椅，擱著王鶯鶯忘記收的菸盒。幾顆果子隨風微微地擺，蛐蛐兒鳴叫，不知誰家放電視劇，聲音低低傳來，聽不清楚。廚房門開著，灶台上用盤子倒扣一碗紅燒肉，算留給他的晚飯。劉十三撕開保鮮膜，把碗包了包，放進冰箱。

找了頂蚊帳，四尖吊在桃樹枝，罩住竹椅。劉十三沖個涼，帶著拎包鑽進去，舒服地一坐一靠，捧起吳嫂送的保險教材，一盞小燈就夠，院子很亮。

他讀了一會兒，想尋支筆，卻翻到一張字條，大概是從他的人生目標計畫本裡掉出來的。

兩年前，字條掉落火車的鐵軌，他拚了命才追回，上面寫著一串數字，他背得滾瓜爛熟，但從來沒敢用手機撥通。

手機備忘錄有一頁，他修修改改了一段話，總覺得某天會發送到那個號碼。第一個月寫了很長，第二個月刪掉了些，第三個月索性重寫，最長的時候他寫了三千多字。

兩年過去，刪刪減減，這頁備忘錄只剩四個字：

你還好嗎？

不是想說的話越來越少，是劉十三發現，能說的話越來越少。甚至這四個字，也徹徹底底多餘。

二〇一二年冬至，深夜的KTV，同學們喝醉了，他一直望著牡丹，牡丹一直望著螢幕。他深呼吸，問：「是不是我不夠好？」

牡丹說：「你很好，用功，刻苦，你很好很好了。」

他說：「你不喜歡的，我可以改。」

牡丹說：「你真的很好，沒法改，時間不對吧。」

他說：「哪裡不對？」

牡丹說：「將來你會成功，拿到屬於你人生的第一次成功，那時候，你不僅僅是好，而且是對。」劉十三聽不懂。在他願意為愛情付出一切的年紀，卻沒有什麼東西可以付出。等他明白這個道理，二〇一二年的冬至，早就遙不可及。

KTV外，大雪紛飛，那麼深的夜，雪花應該把情侶們走過的腳印，坐過的台階，路過的草地，留在某條街的眼淚，都覆蓋了吧。

手機震動，劉十三收好字條，看了看微信群。

「小劉啊，是不是今兒一天就完成九百九十九單啦，好歹彙報一下。」

「這麼晚了，侯總還在關心員工業績。」

「絕對優秀，近乎偉大。」

「既然都沒睡，我給大家發個紅包吧，也作為對小劉的鼓勵。一年說長不長，共同努力，創造未來。」

「給侯總磕頭！」

劉十三攥著手機，原來屬於他人生的第一次成功，如此艱難，如此荒誕。

回覆毫無意義，最多再被羞辱幾句，他拿起保險教材，認真讀了下去。

9

手機震動，迷糊的劉十三揉揉眼看，程霜發的：「萬事開頭難，別放棄啊，加油！作業批到半夜，明兒我一放學，就去找你，鐵定拿下第一單！」

劉十三打了一行：「我不是那麼容易放棄的人，不過你怎麼比我還拚……」

他打字的時候，微信上面顯示，對方正在輸入，於是等了等，想等她說完。結果等了一會兒，收到幾個字：「睏死我了，晚安。」

劉十三刪掉已經寫好的，也回了條：「晚安。」

被外婆綁回故鄉的第二天，不知不覺結束了。

山下的小鎮好像被藏進了山裡，蓋著天，披著雲，安靜又溫柔。是的，溫柔。劉十三坐在竹椅上，睡著之前心想，程霜說的似乎有點道理，真的很溫柔。

山這邊是劉十三的童年，山那邊是外婆的海。山風微微，像月光下晃動的海浪，溫和而柔軟，停留在時光的背後，變成小時候聽過的故事。

這是他曾日夜相見的山和海。

在遙遠的城市，陌生的地方，有他未曾見過的山和海。

第八章　水帶走的消息，風吹來的聲音

等待而已，也叫努力？
是在等別人離開，還是在等自己放棄？

1

大清早，蝴蝶滿院子撲騰，劉十三在桃樹下睡了一宿，思緒混亂。王鶯鶯看到球球並沒有驚奇，劉十三鬆了口氣，如果王鶯鶯認識小騙子，接下來就好辦了。

這是他的一廂情願。

「他是誰？」

「爸爸。」

「那我呢？」

「外婆。」

「不對，我是爸爸的外婆，那你應該叫我什麼？」

球球大驚，包子叼在嘴裡，掰開手指唸唸有詞，沒找到合適稱謂。

王鶯鶯說：「爸爸的外婆呢，叫太婆。」

球球立馬跟進：「太婆。」

王鶯鶯笑眯眯地說：「對，乖囡。」

劉十三刷著牙，嘴裡噴出泡泡：「哪邊對了？我又不是她爸爸！」

「別人喊你爸爸你不高興？那你打算什麼時候當爸爸？你能當爸爸嗎？」王鶯鶯一臉驚

奇，邏輯清晰，發出靈魂三問。

劉十三不能服輸，揮舞牙刷：「我為什麼不能！」

王鶯鶯喝了口豆漿，冷笑：「那你有本事試試。」

球球啃了口包子，冷笑：「沒本事就算了。」

一老一少吃飽喝足，齊齊冷笑，看起來真像一家子。

把王鶯鶯拖到竹椅上，用蒲扇給她搧風，劉十三嚴肅中透著諂媚：「你不要胡攪蠻纏，到底知不知道這小孩誰家的？不送回去，她會賴著，吃你的用你的，還告你拐賣兒童。」

王鶯鶯說：「那就這樣吧。」

什麼叫那就這樣吧，王鶯鶯是不是老年癡呆！劉十三氣得扔了扇子，呼哧帶喘說不出話。球球賊頭賊腦跟來，扯扯他衣袖：「爸爸，我不是白吃白用的，球球很能幹，你有什麼事，我都可以幫忙。」

劉十三說：「走開！你這個騙子！」

王鶯鶯嚓地點著一支菸：「哎？你不是賣保險的嗎，帶個小孩一塊兒賣，人家心一軟，說不定就答應了。」

劉十三看看王鶯鶯，又看看球球，突然懷疑她們其實早就認識，自己掉進了一場陰謀。

院門砰地推開，程霜風風火火闖進：「外婆早上好，外婆太美了，特別有氣質。」

球球舉起一個包子：「媽媽吃早飯。」

程霜接過來，怒目圓瞪劉十三：「你這個人，怎麼婆婆媽媽的，一點小事都解決不了，簡直不思進取。」

「我怎麼了！」劉十三正在打理文件，整個人爆炸，放下公事包，準備還嘴。大家沒給他反擊的機會，王鶯鶯叼著菸開始盤貨，程霜抓了包子油條，拔腿就走：「我去上課，放學再來，外婆再見。」

2

時隔多年，鎮上除了一些家傳的老門面，開起烤肉店、壽司店、奶茶店，甚至還有家獨立設計師服裝店，不知道是哪家孩子學成歸來，腦子發昏開在這兒，帶起一波敗家的節奏。王鶯鶯說，前幾年鎮上花了大代價，鋪設下水道，家家戶戶用上抽水馬桶，終於不再往溝渠排汙，保住了河流。垂柳輕揚，小鎮依然明亮清秀，越住越長壽。

這些劉十三感受不到，他並不是觀光旅行的文藝青年，望著街邊的灰牆黑瓦木門，心中嘀咕，能找到數量足夠的鄉親，賣掉一千份保單嗎？

劉十三和球球並排走路，一高一矮，球球奮力跟上腳步，說：「你找牛大田啊，現在九點半，他不會在賭場的。」

劉十三將信將疑：「你知道他在哪兒？」

球球嗤笑一聲：「不然你以為呢？難道我們的相遇是個偶然嗎？」這孩子電視劇看多了吧，說話這麼文學。劉十三忐忑地問：「不是偶然嗎？」

球球說：「就是個偶然。」

劉十三無言以對，隨著球球掉頭。

全鎮人民陸續起床，上班的上班，遊蕩的遊蕩，年紀大些的捧著飯碗，看劉十三跟在小不點後面亦步亦趨，吃得津津有味。

小不點背著雙手，老氣橫秋：「其實全鎮最有錢的不是牛大田，是你們隔壁老李。別看他整天修修破錶，櫃子裡一塊就值好幾千。胡瓦匠老婆生意做大了，看不上他，兩人正在鬧離婚。曾繼媛厲害，全家都聽她的。劉剛不聲不響，偷偷把貨車賭輸了。狗品見人品，曹偉怡養的大黑狗那麼兇，長大肯定嫁不出去……」

劉十三愣愣說：「你天天聽八卦，不用上學嗎？」

球球高深莫測：「我不喜歡上學。」

劉十三問：「十一的平方等於多少？」

球球一反常態，沉默不語，劉十三再問：「ABCD後面是什麼？白日依山盡的下一句呢？」

球球惱羞成怒：「你要不要找牛大田了？不找我回去繼續睡覺。」

劉十三樂不可支，小東西看起來無所不知，但一點文化都沒有！可惜啊，就算知道胡瓦匠夫妻鬧離婚，對以後找工作有什麼幫助呢？還不是每三個月換一家單位度過試用期。

劉十三興致勃勃，說：「別不好意思，等第一份保單成交，我送你個書包，最新款，你自己選。」

球球斜著眼，狐疑：「真的？」

劉十三說：「我騙小孩子幹什麼。」

球球立刻要求打勾勾，劉十三伸出手，球球認真地用自己小手指勾住，又費力地讓大拇指跟劉十三的對上，努力摁了個印。

劉十三看她那麼虔誠，突然想，她不會真的沒上過學，也沒買過書包吧？那雙大眼睛裡的渴望，比看昨晚那碗麵更加強烈。

球球美滋滋：「說好買書包，打勾勾上吊一百年不變。」

劉十三表示同意：「好，打勾勾上吊一百年不變。」

球球一揮小手：「行了，現在保險單這個事啊，包我身上，出發。」

3

儲蓄銀行門口，球球拉住劉十三，做了個「噓」的口型，兩人藏在樹後面。這裡以前是產銷合作社，童年劉十三放學後，跑到產銷合作社營業部，趴在地面，用長尺搜刮櫃台和地面的一條縫，平均兩三天能刮出來幾塊錢。

產銷合作社被推平，儲蓄銀行建立，可惜裡面存的錢沒有一分是自己的。劉十三正在感慨，球球說：「來了。」

一個女孩身穿銀行職工的襯衫，脖子繫著絲巾，短髮，白皮鞋，拎著袋子，從街道另一頭走來。劉十三剛想問這是誰，發現女孩身後不遠處，有人畏畏縮縮跟著。

球球努努嘴：「喏，牛大田，媽的膽小鬼。」

劉十三犯了嘀咕，牛大田昨天不可一世，按照他的作風，喜歡一個姑娘，應該直接強搶民女，怎麼扭扭捏捏的？

球球盡職地解說：「走在前面的叫秦小貞，本鎮大學生，估計和你一樣，學校一般，城裡混不下去，回來了，在銀行做櫃員。牛大田這個狗賊，好像暗戀她。」

劉十三點頭，果然是暗戀，暗戀只能跟蹤。此刻他太好奇了，把保險單忘到九霄雲外，問：「秦小貞呢？她喜歡牛大田嗎？」

球球歎口氣：「你們都是男人啊，難道看不出來？」

劉十三憤怒：「放屁，我肯定能看出來。」

他看了一會兒，秦小貞面色平靜，走進銀行，一次頭也沒回過。劉十三大驚：「我真的看不出來！」

他問球球：「那你們女人能看出來嗎？」

球球微笑回答：「我是女孩，不是女人。」

劉十三死了跟她對話的心，牛大田走到銀行門口，停步，躲在另一棵樹後面。行人不多，街邊一叢叢梔子花，矮矮的，清香撲鼻。劉十三盯了半晌，快忍不住說話，牛大田行動了，邁出一大步，停頓，似乎在擦汗，接著猛地衝向銀行。

銀行門口出現人影，秦小貞走了出來，依然拎著袋子。說時遲那時快，衝向銀行的牛大田一個急轉身，人體漂移，踉踉蹌蹌踩空，滾倒在地。

秦小貞喊了聲：「喂。」

牛大田翻身跳起，站得筆直，若無其事：「沒事沒事，你好你好。」

秦小貞手一伸：「拿著。」

牛大田下意識接過去：「什麼？」

秦小貞說：「週末去看越劇吧。」

牛大田說：「啊？」

秦小貞說：「戲院貼了海報，茅式唱腔的，《五女拜壽》，一起去看。」

牛大田指著自己鼻子：「我嗎？」

秦小貞說：「票都給你了。」

牛大田面色如常，說：「好的。」說完轉身就走，沒走幾步，腿軟了一下，趕緊去扶樹幹，喘了幾口氣，腿又一軟，徹底癱倒。

秦小貞還想說幾句，結果牛大田已經癱在路對面，她笑了笑，拎著袋子，轉身進了銀行。

4

秦家茶樓人聲鼎沸，吃早茶的濟濟一堂，屋簷掛著幾個鳥籠，攤子擺到街邊。山貨堆滿牆角，賣菜的卸下扁擔，也不吆喝，隨手蓋上菜籃，也進去點份豆漿油條。

劉十三挑張乾淨桌子坐下，把文件包放好，牛大田魂不守舍，說：「我有喜了。」

「你不是有喜，是有毛病吧。」

牛大田擦擦臉，再說一遍，同桌的一大一小才聽明白：「我有戲了！」

劉十三倒杯茶，說：「恭喜你，要不要考慮為愛情買份保險？」

牛大田略帶困惑：「愛情還能有保險？」

劉十三說：「你想，等你們結了婚，把重疾保險、財產保險、人身意外險什麼的全部買齊，那麼，無論你破產、車禍、得癌，秦小貞都能成為富婆，也算是愛情的一種證明。」

以前他跟客戶這麼說過一次，被追打出門，牛大田聽完卻沒發火，反而很沮喪：「不可能，不是說我不可能破產、車禍、得癌，我是說小貞的爸媽不可能答應我們結婚。」

劉十三說：「有道理。」

牛大田充滿希冀地望著他：「十三，如果你的保險，如果啊，保證我娶到秦小貞，多少錢我都買。」

劉十三剛想說沒有，球球直接插嘴：「我覺得吧，個人看法，各退一步，你買全險，我們幫你追到秦小貞。」

牛大田一拍桌子：「成交！」

劉十三連連搖頭：「小孩的話你也信，我做不到。」

牛大田冷笑：「本來就沒指望你做到，我比較相信球球的本事。」

劉十三看向球球，這孩子究竟誰啊，黑白通吃。

既然大家想法一致了，行動需要計畫，閒著也是閒著，這就開始聊吧。劉十三建議，看越劇當天，買通團長，《五女拜壽》高潮部分，不拜壽了，牛大田突然上場，掀開賀禮，不是壽桃，九朵玫瑰花，想必秦小貞無法抗拒。

球球呸呸吐瓜子皮：「土。」

劉十三：「那掀開賀禮，不是壽桃，九十九朵玫瑰花。」

牛大田說：「土。」

劉十三一口喝掉茶水，把茶杯啪地敲在桌上，大聲說：「你們想，你們厲害，來來來，表現給我看啊！」

球球莫名其妙，問牛大田：「他生什麼氣？」

牛大田摸摸後腦勺：「生自己的氣吧。」

球球嗑著瓜子，問：「牛大田，你喜歡她，她知道嗎？」

牛大田一愣，結結巴巴地說：「大概……知道吧……」

球球點頭：「嗯，每天上班你都跟蹤。她生病，你往她家院子裡丟藥，被她家狗咬了。她生日你在河灘放煙火，放那麼高，她看得到。所以我想，個人看法，她一定知道，你很喜歡很喜歡她。」

劉十三震驚，牛大田還有這些手段，比大學生強多了。

兩個大人眼巴巴望著球球，她捏緊小拳頭，砰地一砸桌子，斬釘截鐵地說：「這一次，你就告訴她，你能為她做一切。首先，關掉賭場。越劇有什麼好看的，年輕人要浪漫，說是看越劇，當天你放一把火，把賭場燒掉，燒出你對愛情的承諾，燒出你對愛情的狂熱。」

全場沉默，劉十三冷汗涔涔，球球畢竟年幼，無知的話說起來一套一套的。你讓牛大田燒光全部身家？你怎不讓他投案自首，重新做人，來年考大學，成為鎮上一代知識份子呢？

牛大田不吭聲。

球球繼續嗑瓜子，無法無天的童年真是教人羨慕啊，她繼續說：「誰家女兒願意嫁給沒文化的流氓？要改變她父母對你的印象，必須燒掉賭場，重新做人，來年考大學，成為鎮上一代知識份子。」

牛大田直勾勾看球球，艱難地開口：「只能這樣嗎？」

球球跳下凳子：「口口聲聲說為愛付出一切，結果又嫌代價太大。劉十三，走，我們的保險不賣給他。」

劉十三發現球球只是虛張聲勢，拚命嗑著瓜子，其實為了緩解壓力。

牛大田皺眉，球球嗙嗙嗙連嗑三粒，她自己都沒覺察，嗑瓜子的速度越來越快。她的小短腿抖得厲害，比以前劉十三自己等客戶反應的時候，還要緊張。

劉十三想，她真的很在乎這筆訂單。

牛大田思考很久，劉十三陪著發呆，球球瓜子皮嗑了一地。

無論如何，這份訂單都是劉十三最成功的一筆了。因為他做那麼多推銷，客戶聽他講完開場白，就會趕他離開。像牛大田這樣陷入思索和糾結，他從未做到。

口口聲聲說，願意為目標犧牲一切，其實呢，你究竟願意付出多大代價？

一筆訂單提成五百，你是否會用十天去瞭解他，用十天去接近他，用十天去說服他？

劉十三有些恍惚，想起牡丹，想起兩年冬至之間，可以問她夜晚去哪裡，可以學會吉他為她唱歌，可以發現她並不愛他的事實，可他用盡力氣，其實都只是在重複等待。

等待而已，也叫努力？

是在等別人離開，還是在等自己放棄？

劉十三千頭萬緒，牛大田千頭萬緒，球球趁機要了一籠小籠包。

5

小學翻新過三次，加建過兩次，茶田圍繞操場，鬱鬱蔥蔥。暑期補習，參與課程的是四年級以上的學生，校內人數不多，從校長辦公室傳來氣急敗壞的咆哮。

羅老師已成羅校長，教學的氣勢終於超過打麻將的氣勢，吼得眼鏡都快掉下來了：「遲到第幾次了？昨天割豬草今天要餵牛，你家開了個動物園啊？還點頭，那我晚上去家訪，要不要收門票？」

「五括弧十括弧，這麼簡單的成語填空，五光十色你想不出，你寫什麼五元十件！哪家店這麼便宜？你編都不會編！」

「給我跑圈！操場跑圈，一邊跑一邊喊，雍正的爸爸是康熙！乾隆的兒子是嘉慶！」

程霜穿越羅校長的火線，找到班導師：「李老師，上次我跟你說的美術比賽，你有支持我嗎？」

李老師正拿著藥瓶灌降壓藥，有氣無力：「小霜，文化課都來不及，縣裡的美術比賽就放棄吧。」

程霜說：「學習成績是榮譽，美術比賽也是榮譽，咱們學校學生雖然腦子普遍不好，但非常狡猾，可以揚長避短，爭取藝術強校。」

李老師咳嗽兩聲，委婉地說：「哪怕我同意，學生自己也怕耽誤學習。」

程霜很高興，掏出一張紙：「李老師你放心，我選的幾個成績都特別差，沒啥可耽誤的。」

李老師胸口一痛，又想吃藥，辦公室突然陷入詭異的寂靜。

「警衛呢?!」

「快趕他走！」

「救命啊！」

救命都喊出來了，程霜和李老師齊齊回頭，辦公室走進一個披頭散髮的男人，鬍子拉碴，背著竹筐，只穿一條內褲，內褲破破爛爛，乍一看是個裸男。

程霜大驚失色，李老師歎氣，說：「鎮上的瘋子，到處晃悠，又來了……救命啊！」

裸男徑直走到她面前，衝李老師亮出手中的東西，頓時李老師的尖叫響徹樓層，程霜也跟著慘叫。

竹筐內全是羊糞，裸男掏出一把，攤開手掌，展示給李老師。李老師叫完，裸男傻笑，沒有後續舉動。李老師顫抖著說：「你……你想要幹什麼？」

裸男傻笑。「老師，我給女兒交學費。」他掂了掂羊糞，說：「你看，我有很多錢，夠不夠，不夠我還有……」

李老師鎮定地說：「這些不是錢，錢是一張一張的。」

裸男陷入迷茫，程霜偷偷說：「李老師，我真是佩服你，這種情況下還能跟他講道理。」

李老師小聲說：「他每學期都要來一趟，習慣就好了……救命啊！」

她再次尖叫，裸男連掏幾把羊糞，擱在辦公桌上。「真的不是錢，我找找。」他取下竹筐，一陣扒拉，找出一個舊報紙裹住的長方體，打開，取出一遝平平整整的字條：「老師你看，很多很多錢，這五千，這兩萬，這三千……」

程霜看得清楚，一張張白條，字跡各異，寫著不同數目的欠款，欠款人簽名，微微發黃。

李老師歎口氣，居然沒有憤怒，溫和地說：「王勇大哥，銀行裡的那種才叫錢，印著人頭。這些字條啊，沒用的。」

裸男委屈：「我的不是錢嗎？」

李老師說：「是錢，但銀行不認，學校不收。」

裸男不甘心：「你說一張張的，這就是一張張的。」

如何同精神病解釋清楚呢，李老師又想歎氣。

羅校長匆匆趕到，見勢不妙，扭頭就走。程霜一把拽住她：「小阿姨，他怎麼了？」

羅校長說：「王勇啊，外地人跑到鎮上開傢俱店。老婆生大病，以前打借條的人躲起來不還，他賣了店，錢花光，治不了，老婆半夜跳河了。」

程霜靜靜聽著。

「那時還沒瘋，老婆留下個女兒，三歲不到，他帶著女兒每天討債，受刺激一多，慢慢變傻了。從女兒六歲起，隔三岔五跑來，兩年了，這麼一個傻子，還惦記著要給女兒報名。老師們募捐過，父女倆不要。女兒說，要自己掙錢交課本費，這才幾歲……」

得不到結果，裸男似乎被激怒，迅速包好字條放回竹筐，大喊：「上次我來你說要錢！這次我帶錢了，你說要銀行的錢！你不想還錢，你就是不想還錢！你老是找藉口，當初借給你的時候，你怎麼說的？你說周轉下，很快！七年了啊兄弟，你多大的生意要周轉七年？」

老師們集體心中一沉，完蛋，裸男串戲了，進入討債場景。

被吼得頭暈目眩，李老師眼淚唰地流下來：「你冷靜下，我沒欠你錢，不關我的事。」

裸男慌張了：「你別哭啊，實在為難的話，過幾天再說吧。我不急，我老婆最近好點了，還能拖幾天。」

裸男愈加混亂，警衛到了：「住手！我的個親娘哎，地上啥！我腳上踩了啥！」警衛還沒熟悉戰場，裸男衝他丟羊糞。

滿頭滿臉羊糞，警衛眼淚唰地流下來：「啥！這是為啥！」

6

離小學不遠，街道口是便當攤子。臨近中午，做便當的毛志傑正炒菜，分進一個個搪瓷罐子。他留著兩撇小鬍子，穿著卡其色背心，耳後夾支菸，亂糟糟的頭髮全是汗。忙碌間，遠遠望見瘋子王勇垂頭喪氣走來，趕緊蓋上鍋蓋。

瘋子王勇摘下竹筐，靠牆蹲著，抱頭嗚嗚地哭。

雖然知道結果，毛志傑依然問了句：「報名報好了？」

瘋子王勇搖頭：「他們不認我的錢，打我。」

毛志傑冷笑：「活該，你這樣的，打死最好，一了百了。」他盛了碗飯遞過去，瘋子直接用手抓飯，燙得一抖，碗砸在地上。

毛志傑氣不打一處來，抄起鍋鏟就往瘋子頭上敲：「抓什麼抓？燙不知道，還吃什麼飯！」

鍋鏟敲到瘋子頭，梆梆作響，他沒有理會，趴著拚命撿米粒，抓起往嘴裡塞。白飯沾滿泥土，摻著沙子，毛志傑看著牙酸，乾脆用腳把飯踢開。

瘋子急得拍他腳，毛志傑劈頭蓋臉打過去：「好人壞人也不知道，還跟我兇！」瘋子抱住他的腳，毛志傑重新盛了一碗：「吃完滾，老子要做生意了。」

瘋子傻呵呵地笑：「沒味道，來點菜。」

毛志傑給他挖了一勺馬鈴薯，瘋子懇切地說：「太淡，賣不出去，加點鹽。」

毛志傑正在炒肉絲，無動於衷，瘋子從竹筐撿了把羊糞，丟進鍋裡：「現在好了。」

毛志傑呆在當場，整整一鍋青椒乾子肉絲全部報廢。瘋子一臉傻笑地邀功，毛志傑一腳踹翻鐵鍋，拿起鍋鏟就打。

7

程霜來的時候，看到這幅場景：裸男抱頭鼠竄，飯菜散落一地，毛志傑七竅生煙。她忍不住喊：「別打了，弄壞什麼我賠！」

毛志傑停手，出乎預料，小鎮還有人當冤大頭，天道輪迴，不宰白不宰，攤手說：「瞧你說的，弄髒一鍋菜，鍋子不能用了，算你三百三吧。」

程霜瞪大眼睛：「這菜要三百多？」

毛志傑憐憫地看她：「菜五十，鍋子兩百八。」

程霜沉默一會兒，掏出五十：「菜錢，鍋子我給你送個新的來，等我一刻鐘。」

程霜離開，毛志傑拿著錢，罵罵咧咧，不留神錢被瘋子一把奪走。瘋子對著陽光，觀察著嘀咕：「紙做的，一張一張的，有花，有人頭，中國人民銀行，這是錢。」

毛志傑搶回來：「這是我的錢。」

瘋子眼巴巴瞅著，畏懼他手中的鍋鏟，小聲說：「女兒報名，要錢，四百，你能不能借給我？」

毛志傑收拾攤子，沒好氣地說：「我借你，你能還啊？好意思說你女兒，屁點大，到處騙吃騙喝，還要養活你這個神經病。」

瘋子不回嘴，笑嘻嘻地聽毛志傑罵罵咧咧。

毛志傑沒抬眼，從桶裡打水，刷著鍋子，說：「鎮上有人家想養，為了你，她不去。讓我說吧，你要真為她好，趕緊去死，你一死，她就沒了拖累。人一死，多輕鬆，大家都輕鬆。」

他說得狠毒，刷鍋的手越來越重，似乎不只說給瘋子聽。

程霜從羅校長家偷了口鍋，拎著回來，瘋子不知去向，毛志傑面不改色用舊鍋炒菜，見到新鍋毫不客氣地收下。

程霜想了想，問：「對了，你為什麼打你姊？」

毛志傑面孔猙獰，舉起鍋鏟，指著她罵：「去你媽的，不要提她，她不是我姊！」

8

儲蓄銀行隔壁，廣場的市集上，許多店家忙碌。賣花的搭棚搬盆，山茶長勢蓬勃，程霜路過人群，路過麻花車、烘糕攤、燈籠鋪，突然停住，深深吸口氣。

旺盛活著，生機勃勃。

劉十三經常說，小鎮人民怠惰疲懶，沒法發展。可她喜歡這裡，每個人確實不看未來，只在乎眼前，一餐一飲，一日一夜。城市中，拿到獎金去商場會喜悅。小鎮上，陰雨天看葫蘆花開會喜悅。兩種喜悅，可能是分不出高下的。

秦家茶樓中，牛大田還在發呆，劉十三還在反思，球球不知吃了多少東西，摸著肚子幸福地打盹。

程霜問：「順利嗎？」

她問劉十三，牛大田下意識回答：「不順利！如果燒掉賭場，員工怎麼辦？我靠什麼創造美好未來？」

程霜疑惑地說：「燒什麼賭場？」

牛大田失魂落魄，說：「只能這麼幹嘛？」他雙目無神，拿起搭在椅背上的外套，滿身蒼涼地離開。

等他走掉，反應過來的劉十三慘叫一聲，憤懣地說：「買賣不成仁義在，他不買單就走了？」

球球追出門，邊追邊喊：「牛大田，你不幹的話，連跟秦小貞結婚的機會都沒有！」

球球的喊聲越來越遠，竟然跟著溜了。

劉十三和程霜面面相覷，秦老闆不失時機：「上午喝到下午，早飯中飯兩頓，一共兩百五十六，算你兩百五。」

劉十三說：「我沒帶錢。」

程霜說：「我錢剛用完。」

劉十三無可奈何：「鶯鶯小賣部知道吧，你去問我外婆要錢。」

秦老闆笑了：「原來王鶯鶯家的啊，她身體怎麼樣？」

劉十三說：「活蹦亂跳的。」

秦老闆收起帳單：「跟她說，身體好點就來打麻將。」

劉十三出門後才想起來，王鶯鶯好像真的不打麻將了。他回來幾天，王鶯鶯待在小賣部認真工作，可能老年人也有社會危機感吧。

沒走幾步，球球哭喊著奔跑過來：「爸爸，媽媽，我迷路了，找你們找得好辛苦啊。」

說著她站到兩人中間，小手左右各牽一個，胳膊晃晃悠悠。喝了滿肚子水的劉十三犯起睏，腦子迷糊，覺得彼此真像一家人，初夏陽光燦爛，小鎮陳舊，空氣新鮮，他正帶著老婆孩子，高高興興去探親。

程霜突然說：「原來是這樣啊。」

「怎樣？」

「結婚，生個小孩，被叫媽媽的感覺。」

程霜摸摸球球柔軟的頭髮：「還以為自己沒機會體驗了。」說完她衝劉十三笑一笑，滿足地摟緊他的胳膊：「孩子他爸，回家。」

劉十三瞬間身體僵硬，聽著自己本能地回答：「好。」

9

瓦斯爐、電磁爐雖然方便，但有件事情只有煤球爐才能做到完美。王鶯鶯打開爐子的小門，換下燃得正旺的兩塊，墊進去粉灰色的舊煤球。

這樣火候不會太過，溫度不徐不疾上升，剛好攤蛋皮。

長柄小圓銅勺，刷上一層薄薄的菜油，倒進去蛋液。王鶯鶯輕輕轉動手腕，一圈一圈，蛋液均勻地晃上勺壁，晃成小碗大小，蛋皮金黃香嫩，筷子一挑，落到竹匾上備用。

灶頭上煨著蹄筋，日頭出來開始燉，現在已經軟糯，往外撲著脂肪香氣。

她算著時間，最後一滴蛋液倒入銅勺，煤球爐開始降溫，她滿意地點頭，一點都不浪費。

瓷盆中盛著用料酒香油食鹽醃過的肉末，王鶯鶯細細剁好小蔥拌進去，又剁碎一小堆荸薺，一起攪和均勻，再用調羹挖取，裹入蛋皮，用蛋液封邊。

一個個圓胖的蛋餃很快鋪滿竹匾。

劉十三回家，蛋餃下入蹄筋高湯，滾點肉圓蠶豆進去，頂飽又好吃。

這道菜樸素，費時，好處是有吃不完的蛋餃，可以撈出來放進保鮮袋，到冰箱凍住，等十三回學校的時候可以帶上。

他說吃泡麵的時候放一個進去，麵泡好，蛋餃也化開，吃得比別人高級。

這時候才想起，外孫已經不上學了。

有人敲院子門，王鶯鶯擦擦手，是鎮上電器行的小孫，騎著電動車，遞過來一個長方形小盒子：「阿婆，你要的是不是這個？」

她接過來拆開，是一支樣式稀奇古怪的筆，皺眉說：「我要答錄機，能錄聲音那種，你帶個筆給我幹什麼？不要。」

小孫笑嘻嘻：「這叫錄音筆，現在大家都用這個錄音，電視上的記者都用這種。」

王鶯鶯顛來倒去地看，搞不清名堂：「怎麼用？」

小孫說：「說明書一看就懂，很簡單。」

王鶯鶯拍他後腦勺：「我是文盲！你們不給文盲服務？」

小孫下車，手把手教會了她。王鶯鶯試了兩次，覺得挺好用，一看小孫想走，忙喊：「等等！」她匆匆進屋拿了個隨身聽：「幫阿婆看看，這個能不能修？」

小孫翻了翻：「太老啦，不過原理簡單，能修。」

王鶯鶯期盼地看他：「裡面的磁帶呢？」

小孫拿出磁帶，有點意外：「這磁帶得多少年了？磁粉快掉光了，估計帶子一碰要散。」

王鶯鶯小心地懇求：「那你修好它？」

「磁帶不能修，你懂吧？」

王鶯鶯怔怔地捧著隨身聽：「一點辦法都沒有？你這麼聰明，懂科學，也沒有辦法？」

小孫心軟，想了想，問：「磁帶裡面的東西很重要啊？」

王鶯鶯鄭重點頭：「非常非常重要。」

小孫接過去：「我拿回店裡，找師傅看看，看能不能轉錄。先說好，希望不大，弄壞了也不怪我。」

王鶯鶯連忙點頭：「不怪你不怪你，謝謝啊，謝謝你小孫。」

小孫開動電動車，走出十來米了，王鶯鶯還在後面喊：「路上小心，謝謝你啊小孫。」

王鶯鶯坐回院子，桃樹枝葉茂密，風吹得嘩啦啦響，彷彿從山林間帶來了消息。她滿足地聞了聞，似乎能聞到風中的氣息，它翻山越嶺，穿過歲月，有浪潮輕拍沙岸的味道。

第九章　人間火燒雲

劉十三以後才會明白，
有些告別，就是最後一面。

1

劉十三夢見了智哥。兩人畢業前夕，坐在小飯館，喝得面紅耳赤。

智哥說：「我真正的音樂夢想是搖滾，搖出精氣神，搖出對時代的吶喊。」

劉十三問：「搖滾高級，還是民謠高級？」

智哥說：「這個問題我至今沒有想明白。國文老師告訴我們，天下職業不分貴賤，人人平等。過了幾天家長會上又說，教師是神聖的，下邊各行各業的家長紛紛點頭。

「教書育人我同意比較神聖，那既然職業不分高低貴賤，大家都應該是神聖的啊，包括電梯裡打著毛衣按樓層的大嫂。

「後來發現，神聖的果然越來越多，醫生農民科學家，一個比一個神聖。看奧運直播，解說員反覆嘮叨，神聖的奧林匹克精神。看篇稿子作者又提到，神聖的新聞職業道德，通篇金光四射，感覺像在祭壇上寫的文章。電影繪畫文學也神聖，寫個評論義正辭嚴歇斯底里，感覺手裡握了面旗，鮮血染紅的那種。

「我整個人開始大徹大悟，全人類都在神聖領域，就看你自個兒信不信。你要信了，那就是信仰。但從邏輯上只能你自個兒仰自個兒，畢竟大家都位列神班，你不能強迫房產經紀、網路行銷、保險推廣跪在你面前，他們一樣擁有精神，就跟神聖的奧林匹克精神一樣，你去問問他們的部門經理，他可以告訴你他們神聖的地方在哪兒。

「說實話，事到如今，我就贊同一件事，私有財產神聖不可侵犯。你同不同意？」

劉十三點頭：「我同意。」

智哥嚴肅地說：「好，既然你同意，那這頓飯大家各付各的吧，因為私有財產神聖不可請客。」

作的夢比較辯證，容易昏沉。劉十三睡醒，天光大亮，手邊耷拉著保險教材，筆早就滾落床底。最近球球選擇跟他睡，動輒睡到他頭頂，趴到他肚子，讓他睡眠品質一天不如一天。

劉十三坐起身，球球雙膝跪在書桌，小手撐著，聚精會神，貼窗往外看。

劉十三湊到邊上，球球說：「噓，動作輕點，知道什麼叫聽牆根嗎？」

「啊？」

「沒學過我教你，現在咱們就在聽王鶯鶯的牆根。」

2

桃花樹下站著一個老頭，頭髮花白，白色短袖襯衫，一副金絲邊眼鏡，西褲熨得筆直。王鶯鶯掃地，示意他抬腿，老頭往後退一步，恢復立正的姿勢。

劉十三低聲說：「老李頭啊，你認識。」

球球咂咂嘴：「我鎮大富翁，修錶的。」

劉十三警惕地說：「老李頭不會看上王鶯鶯了吧。」

球球摸摸下巴：「要是他想當你外公，那我過年也能多個紅包。」

劉十三捏住她臉頰：「閉嘴！」

球球瞪大眼睛，小臉被捏得變形，依舊奮力辯駁：「老李頭很有錢的，說不定能買你好多份保險。你想，多個有錢的外公，聽起來沒壞處。」

劉十三思索一下，鬆開手：「有道理。」

「嫂子，我得回去過中秋了。上次回去，我妹妹說，到了七十二歲那年，中秋一定要回去過。真快，五六年一轉眼的，我就七十二了。」

王鶯鶯把笤帚往牆角一丟，拍拍圍裙上的灰，蹲下來盤貨，說：「應該的，飛機方便，你早該回去。」

老李頭摘下眼鏡，揉揉眼睛，說：「昨天睡得晚，一直想，都老成這樣了，這次一走，可能就回不來內地了。」

老李頭停頓一下：「要是沒回來，那我就是死在對面了。」

王鶯鶯手裡活停了下，繼續拆箱子，拿出一包一包速食麵，說：「我們有句老話，葉落歸根，人一到歲數，逃不掉的。」

「好多事情，昨兒一件一件想起來。我哥偷偷摸摸帶你去看媽祖祭，把你弄丟了，全家找到天黑，結果你在海邊睡著了。你們結婚那天，老家風俗是送花圈，把你嚇的啊，怎麼勸哭都止不住。」老李的聲音有點哽咽：「我哥走得太早，答應他照顧你，你不肯。怎麼像過去了沒幾天，沒想到，其實一輩子過去了。」

王鶯鶯打斷他，胡亂翻著東西：「哎，對了，你要不要拿點特產帶回去，刀魚我送不起，茶葉吧，你們家裡人也愛喝茶。」

老李頭拎起腳邊布袋，掏出一個紙盒子，說：「老家寄來的，二十多年沒吃過了吧，你嚐嚐。」

王鶯鶯呆了一會兒，鎮定地接過去，手有些抖，迅速擺進貨架。劉十三仔細看，盒子牛皮紙做的，淡黃色，紮了幾道繩，寫了三個字：鳳梨酥。

老李頭抬頭，望望桃樹，深深吸一口氣，說：「走了。」

王鶯鶯說：「好。」

老李頭轉身，好像佝僂了些，走得老態龍鍾，到門口回頭：「有件事要麻煩你。」

王鶯鶯揮手：「好說好說，你講。」

老李頭說：「鐘錶鋪帶不走，只能麻煩你，幫我照管下。」

王鶯鶯點頭：「這個小事情。」

老李頭繼續說：「房產證和贈予證明，我壓在鳳梨酥下面了，紮在一起。如果我回不來，送給你，賣掉也好，留著也好，你看著處理。嫂子，我走了。」

樹葉被風吹得輕晃，陽光破碎，蟬聲隱匿，像遠方的潮水。有朵盛開的雲，緩緩滑過山頂，隨風飄向天邊。劉十三以後才會明白，有些告別，就是最後一面。但這一刻，他聽到的消息過於震撼，迅速問球球：「他的鐘錶鋪值多少錢？」

球球肯定地說：「大概值三個棋牌室。」棋牌室算多大的貨幣單位，她根本不懂，但三個似乎足以表達昂貴的程度。

劉十三在屋內來回踱步，激動地說：「把鋪子賣掉，我就能給全鎮人民買保險啊！一千份保險，全搞定，沒想到我的成功來得如此容易。」

球球跳下書桌，激動地說：「我們要發財了？」

劉十三雖然美滋滋，可良心怦怦跳動：「哎呀哎呀，總不能白拿人東西吧？」

球球一頭栽進錢眼裡，根本不想出來：「給鄉親們買保險有什麼不好的！你就當為老李頭做慈善！他會理解你的！」

3

院門帶上，老李頭走遠了。王鶯鶯發了會兒呆，扭頭看到劉十三和球球，一大一小，鬼鬼祟祟，扭扭捏捏。

她「哧」了聲，一反常態，沒有操起武器揍外孫。

劉十三箭步上去，給她捏肩膀：「外婆，李爺爺送你好東西了吧？拿出來分分。」

王鶯鶯沒好氣地打開他的手：「分什麼分，別人的東西。」

球球眼神充滿鼓勵，劉十三繼續諂媚：「我聽到了，贈予證明都有，就是你的東西。」

王鶯鶯說：「我會幫他照看鋪子，錢人人都要，但白拿的話，死都不會安心的。」

她這麼一說，劉十三和球球發財的快樂一掃而空。幸好一個白癡，一個幼稚，王鶯鶯端上秧草河蚌湯、花菜燉肉，兩人立刻就沒什麼不滿了。

4

劉十三的日常生活已經固定，收集全鎮居民資料，進行評估，挑出推銷保險成功性比較高的，展開地毯式轟炸。球球和王鶯鶯提供資料，程霜分析，劉十三行動。幾天下來，工作成績還沒看到顯著提升，但他再次熟悉了雲邊鎮。

童年的長輩，都兩鬢染白。年輕人大部分去了異地，剩下的給茶園打工，少數繼承祖業，繞著小小的店鋪生活。

千禧年以前，越劇團來是件大事，在電影院演出，人山人海。那時放電影，除了學校包場，基本坐不滿。因為收益差，影院老闆平時直接改成錄影廳，台上擺個電視機，門口箱子裡一堆VCD，兩塊一張票，自己挑碟子進去。蹺課少年和無業青年，常常拎袋瓜子，一待一下午。

千禧年以後鎮上多了網咖和KTV，電影院越來越正規，劇團來得少了。那些聲名顯赫的旦角名字，逐漸模糊，逐漸消失，劉十三只記得她們女扮男裝，一襲長衫，苦讀中狀元，一回首神采飛揚。

週末廣場前人潮洶湧，完全出乎劉十三意料。聽聞是浙江省著名劇團，一票難求，雲邊鎮人民爆發出了可怕的熱情。

5

黃昏蓋滿山間，雲邊鎮電影院內傳出「罄哐罄哐」的鑼鼓聲，人們陸續進場，驗票老頭一張張撕下票根，偶爾看眼外面，那姑娘不是銀行的秦小貞嗎？外面站半小時，在等人吧。

槐樹下，秦小貞抬抬手腕，六點半。她往東邊張望，那方向有服裝一條街，五金副食店，再遠點還有澡堂和茶樓。夏天太陽落山晚，這會兒露著紫紅色的天際線，天空藍墨水似的，她看的地方都亮起碎金般的燈光，亮成一串一串，等的人沒來。

那就是不來了吧？秦小貞想著，涼鞋踩踩地面，畫一個圈，那怎麼辦？總不能自己進去吧？兩張票浪費一張，心裡難過。

她輕歎口氣，不遠處有腳步聲，驚喜地一抬頭，眼睛裡的光瞬間暗了暗，不是她要等的人，但確實是找她的。

「小貞，你怎麼還沒進去？」

問話的是秦小貞媽媽，新燙的頭，揮著蒲扇趕蚊子。秦小貞爸爸看女兒不吭聲，立刻目光四周掃掃，沒發現可疑人士。

秦爸爸哼了聲：「走吧走吧，一塊兒。」

秦小貞偷偷往那個方向再瞄一眼，不情不願：「裡面悶，我等一會兒進去。」

秦媽媽眯著眼看牆上海報，第一場《五女拜壽》，第二場《醉打金枝》，第三場《珍珠塔》，隨口說：「你小阿姨剛剛打電話，要來看，沒票，正好碰到你，你不是發了兩張嗎，給她一張吧。」

秦爸爸說：「還有一張票呢，拿出來，我打電話喊她。」

秦小貞咬著嘴唇想藉口，多疑的秦爸爸板著臉，問：「票呢？」

「丟了。」

「丟了？一個信封裡的怎麼丟，昨天還看你放茶几上的。」秦媽媽皺眉。

「丟了就是丟了，只有一張票，小阿姨要的話，拿我這個好了。」秦小貞開始發急，之前期待某人快來，這會兒反而希望他別來。

秦爸爸是退休工程師，預判能力極為出色，一看秦小貞的神情，推測真相：「你給那個牛大田了？」

秦媽媽後知後覺，才發現女兒今天穿一件白色雪紡連衣裙，以前她嫌容易弄髒，不怎麼穿。今天秦小貞不光穿裙，還細細畫了眉，淡淡塗一層唇彩。秦媽媽跟著猜到真相，痛心疾首：「小貞啊，你這是不學好，牛大田沒出息的啊！算了，不看戲了，回家，我們回家好吧？」

秦媽媽拉她的手，秦小貞一言不發，寸步不移，低著頭。

6

槐樹邊，還有一棵槐樹，底下站著創業三人組。看到秦家人臉色鐵青，劉十三說：「來看戲的，結果要被人看戲了。」

程霜說：「他們好像吵起來了，秦爸爸在罵人，我去找牛大田。」

劉十三輕蔑地呵斥：「現在他們是家庭內部矛盾，你把牛大田抓過來，他們就增加了外部矛盾，到時候不但吵架，還會變成打架。」

程霜呵呵笑了笑：「那你有什麼高見？」

劉十三看著不遠處的秦小貞，她既不肯走，也不吭聲，按照他接待客戶的經驗，此類型的女士要嘛不爆發，要嘛魚死網破，非常貞烈。

他想想說：「我們派球球去傳話，讓她先回家，半夜收拾好細軟，我們接她跟牛大田私奔。」

程霜上腳一個飛踹，劉十三差點跌出槐樹範圍，他捂著屁股怒目而視：「你幹嘛？」

程霜冷笑：「你和牛大田拐賣婦女，秦家人做鬼都不放過你們。」

球球樂呵呵捧著一袋子炒米，邊吃邊勸：「爸爸媽媽冷靜一點，注意身體。」

秦媽媽蒲扇都不搧了，苦口婆心，想讓女兒回心轉意：「小貞，我跟你爸爸在鎮上算是開明的，沒逼過你。牛大田實在不行啊，我們從小看他長大的，但凡他有一點上進心，也能考個專科學校，他做正經事了嗎？」

一個聲音悶悶傳來：「只有念書才是正經事嗎？」

牛大田竟然出現了，風雲際會，矛盾人物集體到場。秦小貞和牛大田有約會遲到的矛盾，牛大田和秦小貞父母有拐騙女兒的矛盾，秦小貞和她父母有戀愛自由的矛盾，三足鼎立，劉十三、程霜、球球屏住呼吸。

秦媽媽沒給牛大田好脾氣，眉頭一皺：「我不管別人家規矩怎麼樣，在我家，做女婿至少要上過大學。」

劉十三又驚又喜，自己居然達標了。

程霜捅捅他：「你們家有什麼規矩嗎？」

劉十三不屑地說：「當然有，做我們家媳婦至少要有二十萬存款。」

球球問：「做你們家小孩呢？」

劉十三想了想：「小孩沒什麼錢，就只要十九萬吧。」

一大一小兩個女人齊齊翻他白眼，劉十三樂呵呵的：「幸好你們問的是我，問王鶯鶯，價格還要往上翻一番。」

程霜說：「俗氣，你看秦小貞他們家這個要求，其實合情合理。」

劉十三一陣感傷：「其實牛大田寧願秦家獅子大開口，要他個幾十萬。對他來說，學習比貧窮更可怕。球球，將來你會學到一個成語叫作窮則思變，其實這個成語的全文是，窮則思錢，富才思變。」

程霜補充說：「他在放屁。」

7

秦爸爸看都不看牛大田一眼，不顧面露哀求的女兒，抓著她要走。

牛大田著急地喊：「叔叔，慢慢談嘛，對我不滿意，沒問題，請您給我一個機會，做到您滿意！」

這番話比較體面，但秦爸爸不打算做面子給他，轉身說：「沒機會，我不會把女兒交給一個開賭場的，我們秦家沒人進過派出所，你好自為之。」

牛大田張大嘴巴，說不出話，秦小貞一步一挪，慢慢騰騰離牛大田越來越遠。

牛大田終於大吼一聲：「等一等！」

這一聲嚇到大家，不由自主停了腳步。牛大田微微彎著腰，低下頭，兩隻胖手交叉，指關節發白，劉十三甚至能看清他在顫抖，像一個等待宣判的嫌疑人。天色漸漸昏黃，小鎮路燈亮起來，牛大田默不作聲，額頭全是冷汗，似乎話憋在喉嚨，一個字也吐不出來。

他沉默了幾秒，現場人人度秒如年，劉十三有些同情。冬至的雪地中，他遇見過類似的沉默，空氣凝固，要自己提醒自己，才想起來呼吸。他掃了一眼，突然又有些羨慕，因為秦小貞的動作表情和牛大田差不多。

他們和他不一樣。他是悲傷的沉默，他們是執拗的沉默。

悲傷的沉默，時間會打破，讓兩條河流去向不同地方。執拗的沉默，自己會打破，執拗代表他將摧毀堤岸，哪怕河流就此乾枯。

牛大田吭哧吭哧，迎著秦家人的目光，說：「我改。」

劉十三可以想像秦家人的回答，但沒等到他們說話，旁邊幾個人指著南邊，喊：「啊呀！」

所有人，包括秦小貞一家，劉十三，程霜，球球，小廣場的群眾，一起抬頭，望向南邊。

黃昏中爆出一蓬飽滿的煙火，和火燒雲連成一片，夾雜著一串一串的流星，射向夜空。騰騰雄起的火焰上方，無數煙花炸開，不講節奏，不講道理，劈哩啪啦，轟轟烈烈。

所有人看傻了，這場面突如其來，像一整個元宵節，在小鎮南邊集中燃燒。

秦小貞呆呆望著，眼睛裡倒映璀璨煙火，眼淚慢慢流下來。

秦媽媽緩過神，小聲說：「搞什麼，你又放煙火……」

她的聲音戛然而止，劉十三也注意到不對勁的地方，脫口而出一句：「媽的！」

他的心狂蹦，真的狂蹦，咚咚咚咚，彷彿一下一下在搥擊，又重又急促，蹦到胸膛脹痛，下一秒就要裂開。不是每個人只願意沉默，不是每個人只願意等待，會有人懷抱炸藥包，貼住高高厚厚的城牆，粉身碎骨。

天空越來越紅，越來越亮。南邊有一棟獨立的平房，以前是糧油站，後來改造成賭場。

牛大田雙膝跪下，嗚咽著說：「叔叔阿姨，我知道，你們不喜歡，不喜歡我開棋牌室，覺得不是正經工作，覺得我不是好人。為了小貞，我今天決定把棋牌室燒個精光。」

秦爸秦媽受到的衝擊太大，不知所措。

牛大田繼續說：「可是！」

全場觀眾感動被打斷，你好好表白，怎麼還有「可是」。

牛大田淚如雨下：「可是，糧油站屬於國家財產，他們說燒房子是縱火犯，兄弟們一邊哭，一邊拖著我不給點火，說我會被槍斃。我只能把麻將桌、撲克牌、骰盅都堆到後頭麥田燒。去年買的煙火也搬過去了，東西太多了，還有沙發凳子，幾十箱酒，我跟兄弟們搬了一天，搬到剛才才搬完……我……」

秦小貞哭了。

牛大田哭得更兇：「小貞，對不起，我遲到了。第一次約會我就遲到了，對不起……」

劉十三望著那片火燒雲，怔怔出神，他沒發現自己牽著程霜的左手，也沒發現程霜用右手擦掉了眼角的眼淚。

秦爸秦媽眼圈泛紅，嘴唇囁嚅著，明顯抗拒中帶著一絲感動，堅持中帶著一縷困惑。

牛大田依然跪著：「叔叔阿姨，我真的喜歡小貞，最喜歡的那種喜歡，為了她我什麼都可以做，請你們批准！」說完他為了加重語氣，砰地磕了個響頭。

圍觀群眾齊齊倒吸一口冷氣，進場看戲的人退了出來，驗票的香菸快燒到手都不知道，幾百號人踮著腳，脖子伸長，鴉雀無聲，只有戲院內隱約傳來喇叭聲：「演出即將開始，請大家抓緊時間，依次入場，對號入座……」

幾枚煙火升空，嗖嗖地盤旋，秦爸爸撫著額頭，秦媽媽快把衣角扯破了，哎呀哎呀歎氣，半天說了句：「這孩子，你也太老實了，東西嘛賣掉就好，燒掉幹嘛，不浪費的啊？沙發啊酒啊留著也有用……」

程霜和球球眼睛一亮，扯扯劉十三衣角：「哎哎！」

劉十三立刻說：「我聽到了，有戲啊。」

牛大田開了多年賭場，察言觀色一把好手，顯然聽出秦媽媽讓步的口氣，倏地站起來：「不浪費不浪費，還沒燒光，我們慢慢看，來，叔叔阿姨來這邊，這邊看得清楚。」

8

越劇演出牛大田終究沒看成，秦小貞把戲票給了小阿姨，但他手舞足蹈，活活燒出一條愛情道路。

牛大田欣喜若狂，一口氣買了劉十三整整四份保險。

劉十三欣喜若狂，抱著四份簽好名字的保單不肯撒手。

直到晚上，他才想起來，這是週末的晚上，手機震動，工作群裡都在彙報上週業績。

「吳夢嬌二十六份保單再度奪魁！」

「徐榮、國光、曼曼統統攬下二十份戰果！」

工作群喜氣洋洋，侯總發問：「還有誰沒彙報？」

靜寂片刻，大家紛紛舉報：「還有劉十三。」「@劉十三，侯總找你。」

今時不同往日，劉十三總算也有東西可以彙報：「我賣出去四份。」

消息發出去，大家不知道應該嘲笑，還是驚歎，於是選擇發送表情包。大家判斷不準風向，胡亂發著動圖，侯總帶動節奏：「不是說好的一千份嗎？」

同事們一窩蜂地評價：

「還以為四十份。」

「按照這個速度，劉十三在五十七歲的時候可以達成！」

「受我一拜，算得這麼快！」

腦袋湊在旁邊偷看的程霜，一把搶走手機，按下一串字：「少廢話，走著瞧。」

第十章　悲傷和希望，都是一縷光

黑暗中一點一點的光，
逐漸蜿蜒向上，
密林中亮起一條燈籠做的小路。

1

七月過得很快，劉十三悲傷地發現，自己回到了一種溫馨又從容的生活節奏。幾時起床無所謂，只要十點之前，就能趕上王鶯鶯的早點。面對鄉親們的推銷，儘管進展緩慢，但不會被人踢出門，買不買另說，一定會留你吃飯。天氣越來越熱，有天雨後的黃昏，劉十三端著飯碗，一抬頭，居然看見一道彩虹。潮濕的空氣，翠綠的山野，半天透明半天雲，彩虹悠閒地掛著，幾乎都要投映到桌上的湯盆裡。

程霜和球球準點來蹭一日三餐，一大一小兩個女孩雖然臉皮厚，也知道跟在王鶯鶯屁股後面，為小賣部做點貢獻，又扛貨又看店，不算吃白食。

劉十三覺得人生正在被腐蝕，程霜卻說這就是美好。

在院子裡吃過飯，王鶯鶯說要去摘番茄，叼著菸不見了。劉十三洗著碗，程霜湊近：「給你看個驚人的東西。」她把一張紙攤在飯桌，「我研究保險的特點，設計了一份客戶含金量計算表。」

她點點皺巴巴的破紙：「按照這個表格，可以簡單計算出這個人成為客戶的可能性。」

球球聽不懂，照樣賣力鼓掌：「媽媽好厲害！」

劉十三擦擦手，滿臉狐疑：「什麼原理？」

「拿你打比方吧！」程霜握筆開始演示：「表格寫明，年收入高於十萬，成功率加百分之十；低於十萬，減去百分之十。而你的年收入低於五萬……所以要減去百分之二十，現在你成為客戶的可能性是負二十。」

劉十三準備抗議，程霜又說下去：「考慮你的年齡，低於三十歲，可能性再減百分之二十……這個好理解，年輕人不怕死，很少會買保險，你懂？」

球球表態：「我懂！」

劉十三不好意思說不懂，只能點點頭。

程霜繼續推算：「加入你的性別、家庭構成、性格等變數，好了，現在得出結論，如果以劉十三為推銷對象，那麼，成功的可能性是負兩百八，準不準？你就說準不準！」

劉十三琢磨過來：「好像有點道理，可是有什麼用，誰都知道我不會買。」

程霜無比得意：「重點來了，七月份由球球和外婆提供資料，我梳理總結，得出全鎮人民的大資料。」

厚厚一遝打印紙「咚」地砸在桌面：「每個人的資料都被我代入表格，得出成功率，你自己看看。」

劉十三看著密密麻麻的資料，倒吸一口冷氣：「都是你自己做的？」

程霜和球球一塊兒叉著腰，囂張地大笑：「哇哈哈哈哈，對的！」

翻閱起來，看得劉十三心驚肉跳，跟特務內部檔案沒啥區別。

蔡元，年齡四十八，男，機械廠員工，年收入八萬，家庭成員八人，愛好賭博，喝酒，健康狀況不明，常咳嗽。成功率，百分之四十，優先推薦健康人壽險。

劉霽，年齡六十二，女，農民，年收入五萬，家庭成員七人，性格暴躁，節儉，肝炎，腰椎間盤突出。成功率，百分之五十，優先推薦健康人壽險。

王立德，年齡二十七，男，茶園技術工，年收入十四萬，家庭成員五人，愛好網路遊戲，旅遊，身體健康，出過車禍，腿部骨折。成功率，百分之七十，優先推薦意外傷害險。

每個人的資料詳盡具體，細數下來足足幾百號。

讓劉十三驚歎的，不僅是程霜花了多長時間耐心統計，更可怕的是王鶯鶯和球球的大腦八卦容量。

翻了半晌，回頭一望，程霜和球球都趴在桌上睡著了。桃樹搖動一片蔭，雲彩的影子在院裡浮動，兩人睡得吧唧嘴。

不忍心吵醒她倆，劉十三翻到整本資料首頁，成功性排名第一，毛婷婷。

毛婷婷，年齡四十，女，未婚，個體戶，年收入三萬到十萬不等，父母意外去世。弟弟毛志傑，嗜賭嗜酒，人渣一個，生活來源基本靠毛婷婷救濟。毛婷婷人際關係單純，善良溫和，無不良愛好。

成功率，百分之九十。

百分之九十的成功率，說明不需要經過勸的過程，保單遞給毛婷婷，她看兩眼就會買。

跟毛婷婷新舊都有交情，這個任務，劉十三覺得他單槍匹馬就能完成。

他興沖沖地獨自出發，沒注意這頁紙反面，有手寫的一行字：「補充資料，職業特殊，可能性上下浮動百分之九十。」

2

婷婷美髮店和頂潮成衣店一牆之隔，陳裁縫午後休息，吹著空調聽戲。他看劉十三站在美髮店門口半天，蹓躂過去一瞧，發現劉十三把臉貼在美髮店窗戶上奮力偷窺。

陳裁縫熱心地介紹：「這個店早關門啦，不做了。」

劉十三一愣：「毛婷婷不剪頭髮啊？」

陳裁縫說：「幾年前胳膊斷了，去醫院，骨頭沒接好，剪不了頭髮。」

劉十三心頭浮起不好的預感：「那她現在做什麼？」

陳裁縫說：「哭喪。」

劉十三心裡一咯噔，問：「職業哭喪？」

陳裁縫點點頭，抬錶看看時間：「這個點，估計她還在韓家。韓家大伯沒了，她要哭三天的。哦，你們年輕人不曉得，我們老一輩有人過世，除了請和尚道士，還要請樂隊和哭喪的，有條件的還能請來歌星。」

完蛋，毛婷婷居然改行，從個體戶變成民間藝人，不知道她的收入水準能不能保住。他提心吊膽地問：「哭喪很賺錢嗎？」

陳裁縫變出個茶缸，喝一口：「一天好像一百五吧，從頭哭到尾，累。縣裡用不上，附近幾個鎮，又不是天天死人。唉，肯定沒剪頭髮安逸。」

3

午後行人少，劉十三強打精神，瞭解更多客戶現狀，突然陳裁縫閃進自家店內，好心提醒他：「你要不要進來躲躲？」

劉十三轉身看見毛志傑握著根撬棍，拖輛板車，殺氣騰騰走來。他趕緊跟著閃進成衣店，和陳裁縫一起往外探著腦袋觀察。

毛志傑奔到美髮店，三兩下撬開鎖，踹門就進。

劉十三發怵：「什麼情況？」

陳裁縫一本正經道：「一起典型的家庭糾紛，唉，我去給老韓家打個電話，讓毛婷婷趕緊回來。」

劉十三滿頭霧水，美髮店裡乒乒乓乓地響，接著毛志傑罵罵咧咧出門，把屋子裡的一個五斗櫥搬到板車上。

隔著幾公尺遠的距離，能聽見毛志傑嘴裡冒著「賠錢貨」、「窮死鬼」之類的汙言穢語。搬完五斗櫥，毛志傑掄起撬棍，又進去了。沒幾秒，隔壁「砰」一聲，似乎放了個爆竹。劉十三嚇一跳，陳裁縫貓著腰回來，晃晃手機：「沒人接，作孽啊，親姊弟搞成這樣。四五月份毛志傑跑過來要錢賭博，毛婷婷不給，被他一巴掌搧到地上，幸虧她手撐了下，不然頭都要撞破的。」

他的敘述簡單清楚，劉十三越發覺得不能蹚這攤渾水，正要找藉口溜走，陳裁縫眼睛一亮：「毛婷婷來了。」

毛婷婷披麻戴孝，騎著電動車就喊：「毛志傑，你幹什麼！」

毛志傑拎著撬棍，說：「找不到錢，搬個櫥也好。」

毛婷婷把車停好，平靜地說：「這櫥剛打好，本來就是留給你的。」

毛志傑冷笑：「你裝什麼啊，我要的是房子，爸媽留下來的房子，憑什麼只給你用。」

毛婷婷說：「爸媽就這套房子，我怕被你賭沒了。」

毛志傑揚起棍子，毛婷婷用胳膊擋在頭頂，棍子沒砸下來，毛志傑推了她一把：「滾，別擋路。」

毛志傑拖著板車走了，毛婷婷望著他背影發呆。劉十三思索一會兒，上去說：「婷婷姊，這種意外的財產損失，其實有辦法可以解決。」

毛婷婷隨口說：「什麼辦法？」她直接往美髮店裡走，似乎用手背擦了擦眼淚，劉十三和好奇的陳裁縫一起跟進去。

三人踏進店門，滿地水銀色碎片，中間還夾雜著斷裂的燈管。剛剛那聲炸響，是毛志傑打碎日光燈發出來的。

櫃子椅子桌子東倒西歪，毛婷婷面無表情，一件件扶起來。

牆邊擱了把掃帚，劉十三拿起來，默默掃著玻璃碎片，不知從何推銷起。

陳裁縫幫忙扶傢俱，勸說毛婷婷：「你們姊弟倆啊，要在鎮上過一輩子的，難道打一輩子，打死一個才算？想想辦法吧，唉，也沒什麼辦法。這房子不能給他的，一給，就沒了。索性吧，咬咬牙，報警，毛志傑抓起來一兩年，出來說不定就好了……」

毛婷婷感激地對陳裁縫笑笑，想起來還有劉十三，扭頭問：「十三你找我嗎？不好意思啊讓你看笑話，剛剛你說什麼？」

劉十三有點尷尬，接不下去，職業精神撐著他說：「最近我回老家，賣保險，就想問問你有沒有興趣……」

他說得艱難，毛婷婷卻認真地回答：「保險？我一直想買的。」

劉十三以為自己聽錯了，眼睛發光，心跳加速。

毛婷婷放下手中活，說：「謝謝你啊老陳，我要去韓家，回來再收拾。」她又對劉十三說：「這會兒不方便，明天行嗎？」

劉十三拿出追逐夢想的勁頭，撲到她身旁，熱情地說：「不就去韓家嗎，有什麼不方便，你哭你的喪，我在一邊給你解釋。」

4

劉十三小時候常玩一個遊戲，坐在沙坑，用半塊磁鐵劃拉。上層沙子曬得發熱鬆散，深處沙子則潮濕沉重。磁鐵在沙中來回數趟，拿出來表面就裹了一層細細的鐵粉。

劉十三擼下鐵粉，放進袋子，攢兩個學期，也賣不到一塊錢。

毛婷婷像人中磁鐵，隨便活活就能吸來無數細碎的麻煩事。父母雙亡，親弟反目，每天電動車都會故障……哭喪對她來說，不光賺錢，還能發洩心情。

劉十三懷抱保險單，呆呆望著毛婷婷，她正在上班，扒著別人的棺木嚎啕大哭。毛婷婷邊哭邊喊：「你不要走！你要走，帶上孝子賢孫一起走！」

劉十三看看現場其他親屬，想必死者走得安詳，老年人寒暄喝茶，年紀輕的聚在一起組團開黑，全場只有毛婷婷這個不相干的人撕心裂肺。

劉十三心想，再等一會兒，毛婷婷現在發揮不錯，眼淚已經流到脖子裡，還哭出了小舌音：「你不要走！你不要走啊啦啊啦啊啦！」她很敬業，很動情，哭得滿臉通紅，還唸起了詩：「四張機，鴛鴦織就欲雙飛。」

後來毛婷婷跟他解釋，為了入戲，她往往參考很多電視劇裡的畫面。比如看死者遺像，長得像周伯通，她就想像自己是傻姑，在棺材前恢復了神志，念起桃花林一起練武的歲月，加上周伯通的後人都變成農民，悲從中來。

劉十三驚奇，問：「這麼麻煩，你想想自己不就夠慘了？」

毛婷婷歎氣：「以前想想自己的人生還能哭，後來只能冷笑。有次去客戶家哭喪，哭著哭著冷笑起來，他們以為我鬼上身，讓道士潑我雞血。」

毛婷婷一時半會兒結束不了，劉十三決定等。他喝葬禮上的赤豆湯，喝花生茶，喝紅糖煮蛋，喝到死者家屬問他名字，毛婷婷還沒有停止哭泣。

死者家屬問：「舅家的嗎？你的禮金呢？」

劉十三心想不妙，倘若承認自己是親戚，必須給禮金；倘若不承認，就是打秋風。混宴席有講究的，婚宴生日宴升學宴，主人家高興，不趕你，還送喜糖。但葬禮也混的話，那跟盜墓賊差不多，下三爛，吃的死人飯。

劉十三不想做下三爛，又沒禮金，眼看即將身敗名裂，毛婷婷過來拯救了他。

毛婷婷解釋說：「這我同事。」停頓一下，補一句：「不要錢，實習的。」

說完拉著劉十三到棺材前，喝道：「跪下。」

撲通，劉十三跪得毫無廉恥，在哭喪這行算得上天賦異稟。

5

哀樂洪亮，兩人並肩而跪，毛婷婷說：「真的不方便。」

劉十三說：「沒事，我帶著材料，慢慢解釋。」

哭聲停止了，監工的老道士不滿地看過來，劉十三心領神會，乾嚎起來，可他光哭不唸，顯得十分業餘，毛婷婷趕緊哭喊：「跟我學。韓牛大伯啊！」

劉十三也喊：「韓牛大伯啊！」

毛婷婷喊：「好不容易啊！」

劉十三也喊：「好不容易啊！」

毛婷婷見旁人轉移注意力，小聲對劉十三說：「我太忙了。」

劉十三大喊：「我太忙了！」

毛婷婷心中一突，差點摔倒，幸虧老道士耳朵不靈光，並沒指責，她趕緊說：「今天沒空，明天再說。」

劉十三心想，今天你幹活，明天幹完活去毛志傑那兒挨揍，行程緊湊，肯定沒空，趕緊說：「婷婷姊，沒時間看材料，我說給你聽，兩句話的事。」

毛婷婷起個高調，哭腔最高亢處氣息一斷，十分有技巧，咿咿呀呀地喊：「韓牛大伯啊，你有什麼話，儘管跟我說。」

劉十三哭喪著臉，抽泣地說：「我整理好資料，發現你沒結婚，生育險不合適。養老跟傷害險呢，簡直為你量身定做的。你想，三天兩頭被打，打出個三長兩短，能領多少保金……」

老道士咳嗽一聲，劉十三只好先停下，乾嚎幾聲，毛婷婷提點說：「眼淚，要擠點。」流淚對劉十三來說，與生俱來，並不困難，然而周圍鬧哄哄的，老道長唸唸有詞畫符，他發揮不出實力。

劉十三躊躇，問：「你身上帶風油精、辣椒油什麼的了嗎？」

毛婷婷說她不需要，傳授了些入戲理論，鼓勵他：「你就想像下最慘的事情，加油。」

劉十三立刻想到牡丹。他努力回想，牡丹跟她男友撐著一把傘的場景，遭遇的每一句羞辱，奇怪的是，內心酸酸脹脹，一滴眼淚沒掉下來。

他的眼淚好像在考場那天全部流光，悲傷乾涸成黑夜的形狀。他能走回無邊無際的黑夜，高鐵飛馳，大雪紛揚，高一腳低一腳，腳印滲透著過去的淚水，但他現在一滴都沒有。

考場那天，悲傷到極點，夜凝固了，他拚死拚活，想抓住一縷光。

從此以後，卑微刻苦，但是不想哭。

6

葬禮最後一環，上山掛燈。

老道長帶齊家當，跟小徒弟搖著紅幡鈴鐺走在最前。死者家屬披麻戴孝，列成整齊的長隊跟隨。人們挎著裝滿紙錢的籃子，另一隻手提一盞燈籠。

毛婷婷和劉十三走在末尾，這時哭聲不用太大，意思意思即可，走到小鎮上山的路口，工作基本結束。

毛婷婷嗓子嘶啞，仰頭滴眼藥水。劉十三狀態正勇，說：「婷婷姊，你老哭老哭，對眼睛不好。醫療險有一條專門說這個，視網膜哭到脫落，給你補，多麼全面周到。」

毛婷婷認真地問：「我聽不懂，問你一句，有沒有什麼保險，保證一個人不去賭博。」

劉十三齜牙咧嘴，腦仁疼。

毛婷婷不等解釋，搖頭說：「肯定沒有，沒有的話，沒法徹底幫我。算了，你這些意外險、醫療險、理財啊什麼的，我全買。如果啊，你們公司賠我錢了，這些錢給誰？」

劉十三不吭聲，心想八成是毛志傑啊。

毛婷婷說：「給我弟弟。可他不戒賭，錢也全流到牌桌上。」她說得平靜，哭腫的眼睛裡，深深藏著悲傷。

劉十三頑強地說：「婷婷姊，別這麼悲觀。退一萬步，你看，哪怕最後損失了金錢，也許，或者，可能，你會收穫弟弟的親情。」

這種話也說得出來，可能就是保險員的敬業吧。

毛婷婷笑笑，不知被劉十三的執著打動，還是真這麼想：「行，那我買幾份，受益人毛志傑。」

劉十三屁顛顛掏保單，考慮到毛婷婷礙於他面子買的，不好意思掙太多，只拿出基本的醫療和意外險，樂呵呵地說：「先簽名，後面的我幫你辦。」

意外的是，毛婷婷說：「剛剛不是說，還有理財和投資嗎，都拿來。」

劉十三不解，毛婷婷沉默半晌，說：「能給的都給他，希望他不要再怪我。」

一疊保險單簽名完畢，接下來再讓毛志傑簽名，劉十三就成功完成一筆大單。照理說，應該高興，劉十三卻覺得胸悶。

毛婷婷簽單的過程中，仔細詢問毛志傑得到的收益，絲毫沒問有關自己的問題。

7

上山路口，人群嘈雜，程霜牽著球球的小手，迎面碰到劉十三，她一把揪住劉十三的衣領：「為什麼不帶上我？是不是怕給我分紅？要不是陳裁縫嘴巴大，我還找不到你，忘恩負義的白眼狼。」

劉十三說：「葬禮不適合美女。」

程霜立刻非常滿意。

劉十三說：「對了，保單毛婷婷簽了。」

程霜興奮：「恭喜！看你黑著臉出來，還以為黃了。哎，你不高興啊？」

劉十三悶悶地說：「受益人毛志傑。連理財盈餘的帳戶都是他的。」劉十三突然想起，毛婷婷說不清楚毛志傑的具體帳戶，明天得去問一趟。

程霜聽了一撇嘴，轉移話題問：「他們在做什麼？」

老道長畫好符，點火，引燃一根火把，再用火把引燃死者長子的燈籠，其他親戚跟著點著燈籠。沒過多久，長長一排隊伍的人，身側都發出幽紅的火光。

這是雲邊鎮的習俗，程霜沒見過。劉十三解釋：「我們鎮傳說，人剛死，會在天上晃。魂魄回家的話，容易走錯路，在大山迷失，成為孤魂野鬼。所以我們雲邊鎮的葬禮，家屬和幫忙的鄉親，要沿著山路掛燈籠，一直掛到山頂，魂魄就不會迷路，找到回家的方向。」

程霜聽得入神，望著那些披麻戴孝的老老少少身影，在燈籠的火光裡搖曳，黑暗中一點一點的光，逐漸蜿蜒向上，密林中亮起一條燈籠做的小路。

夏日八月的大山，起了夜霧，時濃時淡，那條路像火焰組成的項鍊，時明時暗。

劉十三說：「韓家子孫多，掛得快，手腳利索的話，不用到半夜，山上就會掛滿燈籠。」

一陣霧氣飄動，球球的聲音有點顫抖：「那如果……如果沒點燈籠，魂魄能回來嗎？」

劉十三打算作弄她，說回不來，誰也找不到，誰也不記得。沒說出口，他的心也開始顫抖，想了想說：「其實呢，對死去的人來說，每個在世上活著的重要的人，都是他們靈魂最亮的燈籠。他們總會放心不下，永遠都在尋找，一定能回來。」

球球抽抽鼻子：「那就好。」

程霜掰著手指說：「我剛剛數了數，對我重要的人太多了，那我死後，靈魂豈不是每天都在跑馬拉松。」她眼睛一亮：「你們以後多去點有趣的地方，這樣我的靈魂跟著你們，相當於環遊世界。」

球球和她一起笑，劉十三望著程霜，想起一張張病危通知書，心裡說不出來地慌。

一個老漢拿著手電筒，衝他們喊：「閒著幹什麼，起霧了，別讓大傢伙走散，拿手電筒，上山接應。」

球球起勁了，說：「我們也去看燈籠。」

8

三人跟著上山，頭頂燈籠點點，像一溜螢火蟲。腳下手電筒白光交織，像一片小小的蛛網，往山上罩去。

程霜覺得新鮮，燈籠頂端一根細細鐵絲，絞在樹枝上掛著。有幾盞燃燒殆盡，手電筒一照，細灰飛舞，在八月的一個角落下起黑灰色的雪。

劉十三說：「別看了，走吧。」

三人一路小跑，發現隊伍停在山腰，掛燈的，會合的，吵吵嚷嚷，情緒激動。

程霜問：「怎麼啦？」

劉十三伸伸脖子，人頭攢動，看不清楚，說：「你們等等，我去看看。」

他擠到前頭，人群中間幾個民警張開雙臂，攔住掛燈籠的。領頭的民警他居然認識，新來雲邊鎮的，帶球球去派出所時接待他們的閆小文。

當初劉十三就覺得，這位民警很愛發表個人意見，此刻他果然在演講。

「各位鄉親，我已經把話都說得很清楚了！上級通知督促我們，一定一定要防止山火！大家心裡也有數，因為咱們落後的習俗，這座山被燒了幾次？」

一位死者家屬高聲回答：「三次！」

群眾哄然大笑，顯然不把年輕警官放在眼裡。

帶劉十三上山的老漢扯嗓子喊：「小閆啊，你不懂雲邊鎮的風俗，去問問所裡的程隊，這麼多年，他管過這個事情沒有！」

閆警官繃住臉：「對，他沒有管，結果呢，上次山火造成林木損失十公畝，鎮民兩人受傷！實話告訴你們，老程監管不力，要被撤職了！」

群眾一片譁然，閆警官又說：「好話不聽，行，幹活！」

幾個年輕民警摘下樹上的燈籠，用嘴吹，吹不滅，只好放地上踩。一聲怒吼，渾身素白、頭頂麻布的死者長子衝出來：「給我爹掛的燈籠，你們再動一個試試！」

閆小文按住槍套，跟電影裡一樣，喊：「退後，退後，不然告你襲警！」

劉十三一看不好，真打起來會出大事，趕緊拉住他：「閆警官，你聽我一句。」

閆小文瞥一眼說：「是你？還跟老婆吵架嗎？」

這話說的，沒見著群情激憤嗎，劉十三都想一走了之，讓他自生自滅算了。不行，在場只有他能站出來制止衝突，讀過大學的，鄉親們會給點面子。

他勸閆小文：「閆警官，如果你一定要幹這個勾當，你等他們下山了，偷偷來執法也可以的。我們雲邊鎮啊，人單拎出來，低頭耷腦，人一多就無法無天，你犯不著啊！」

劉十三說得貼心動情，老漢見他們嘀嘀咕咕，不滿了：「誰家的小子，跟他們一夥嗎？」

劉十三躥到老頭那頭，一口家鄉話：「阿伯，我是王鶯鶯外孫，最近剛回來。我跟他商量呢，外地人不懂事，現在已經怕了。我們別把事情搞大，進局子不光彩，您說對不？」

閆警官不吭聲，老漢不吭聲，只剩韓家長子。劉十三面上有光，覺得自己連橫合縱，馬上將要一統戰國。

他躥到韓家長子那頭，信心滿滿：「大哥……」

剛冒兩個字，韓家長子拎著燃燒的火把，掄個圓，嘶聲大叫：「誰動我爹的燈籠，我弄死他！」

場面頓時混亂，民警滅燈籠，家屬護燈籠，幫忙的鄉親喊：「別動手別動手！」

火星亂濺，你推我踹，有繼續上山掛的，有下山逃跑的，有跟民警糾纏的，劉十三趕緊奮力往後退，手電筒都被人打掉。

他跌跌撞撞，跑回原地，愣住了。

大概是被人群衝散，程霜和球球不知道什麼時候，已經不見。

第十一章　山中夜航船

人們隨口說的一些話，跌落牆角，
風吹不走，陽光燒不掉，獨自沉眠。

1

山道糾紛高潮迭起，劉十三躲開人群，匆忙掏出手機，訊號空格。他左右看看，著急了，半夜把人弄丟山裡沒法交代，一咬牙，挽起褲管，選了棵最粗壯挺直的樹往上爬。

爬到一大半，手機響，連續來了兩條簡訊：

您好，截至八月九日二十一時，您的話費餘額已不足二十元，請盡快儲值。

您好，截至八月九日二十一時，您的話費餘額已不足十元，請盡快儲值。

訊號多了兩格，說不定下一秒就斷訊，他趕緊打給程霜。電話接通，他還沒開口，對面劈頭蓋臉一頓責備：

「你跑哪兒去了？這麼久不回來？我跟球球差點被人推倒！」

「啊？」

「啊什麼啊，男人不保護自己的妻女，跑去看什麼打架？我怎麼瞎了眼看上你這種男人！」

劉十三好氣，她講不講理的，可惜要斷訊了，不然真的跟她對罵到天亮。他憤怒地說：

「喂！」

「怎麼樣？」

劉十三斬釘截鐵：「對不起。」

聽到突如其來的道歉，程霜聲音透露著舒爽：「快來，我在球球家。」

「所以球球家在哪裡？」

「水庫邊，水庫你認識吧？哎，東南西北我分不清，月亮左邊吧……這兒兩輪月亮，天上一個，水中一個，我們就在水中月亮的左邊……」

劉十三差點從樹上掉下來，克制地問：「有什麼特別的標誌嗎？」

「哦，球球說了，離老碼頭五十公尺。」

電話掛斷，劉十三騎在一根枝椏上，扭頭往山道岔路另一頭望去。

樹影之間，閃爍一塊鏡面。這邊人聲鼎沸，那邊幽靜安然。每棵樹每縷風，抱著淺白色的月光，漫山遍野唱著小夜曲。山腰圍出巨大的翡翠，水面明亮，一片一片，細細鋪成紡錘體，像一支月光的沙漏。那墨墨的藍，深夜也能看見山峰的影子，彷彿凝固了一年又一年。

劉十三小時候來過水庫許多次，印象中，水庫秋冬瀰漫水霧，春夏明艷斑斕，白天水波嫻靜溫柔，深不見底。它能包裹孩子仰面漂游，也藏著吃人水猴的傳說。深夜去水庫，連他都是第一次。

2

山坡一角貼著水庫，狹窄的道旁，扯了根電線桿，孤零零吊一盞燈泡。燈泡散淡的光線下，照著一個突兀的棚子。

幾根木棍撐起塑膠布，石棉瓦堆成棚頂，圍著幾層紙箱木板，用布條和塑膠袋捆綁住，當作牆壁。

程霜和球球站在棚子前頭，迎接劉十三。他呆了一下，問：「球球，你住這兒？」語氣裡的懷疑，其實是同情，刺痛了球球。她叉著腰，背後木門一晃一晃，神氣地說：「是啊，很漂亮吧！」

叮鈴噹啷一串脆響，門頭掛著風鈴，是球球撿來的瓶子和易開罐做的。劉十三咧嘴笑：「漂亮的。」

小女孩認真填補了屋頂和牆面的所有空隙，她心裡，這個棚子一定是亮晶晶的，發光的。

球球認為劉十三沒有心悅誠服，打開破門：「裡面更漂亮。」

棚內亮堂堂，地面鋪滿保麗龍，仔細一看，分出了休息區和廚房區。一側整齊擺著沙發墊，正好是張床的大小。一側是不鏽鋼貨架，架子上擱著半桶米、調料瓶、鍋碗瓢盆。

它們是球球的傢俱，垃圾拼湊出來，但並不骯髒，通通擦洗過。空間不小，三個人在裡面，也能轉開身。球球扒拉出一塊蜂窩煤，放進爐子開始燒水，動作嫻熟。劉十三問：「球球，你一個人住嗎？」

球球搖頭：「我爸爸不在家。你們別站著，坐啊。」劉十三鬆口氣，怕球球說她爸爸去世了，這樣的話就要安慰她，安慰是他最不擅長的事情。

球球抽出兩隻扁扁的玩具熊，地上一蹾，作為暫時性的凳子，她拍拍熊腦袋：「大花，小花，你們終於能為這個家做貢獻了。」她叮鈴噹啷翻架子，找到速食麵。水沒燒開，棚內煤煙滾滾，兩人咳得天昏地暗，球球不好意思地說：「平時爐子放外面，前兩天受潮了。」

程霜咳著說：「沒事，速食麵乾吃也行。」

球球噘著嘴，他們第一次到家裡來，她不想簡陋招待：「走，我有辦法，帶你們去個好地方。」

3

劉十三懷中抱著一堆雜貨，洋蔥速食麵香菜雞蛋，球球拾掇出來的。三人一起走不遠，到了水庫邊，球球掃開長長的枯乾蘆葦，竟露出一艘小破船。

這樣的船，劉十三並不陌生。水庫是鎮民夏天最愛去的地方，婦女孩子拖個澡盆下水摸菱角，男人撒開漁網，拉動船尾小馬達，突突突的，一會兒便收穫一大網肥魚。慢慢地，水庫禁止養殖魚苗，國中以後再見不到這種景象。

球球給他們看的小船十分陳舊，船體邊緣磨白，脆裂開口，馬達蓋著草席，掀開黑黢黢的，似乎還能用。馬達旁放著柴油桶和釣竿，船中間立一隻小小的酒精爐。可以想像，如果天氣晴朗，球球一丁點大的身子，斜靠船沿，手握釣竿，釣到點什麼就投到爐子裡，自由自在，可惜不頂飽。

球球跳到船上，開動馬達。興奮的程霜蹦到船頭，小船立刻劇烈波動，球球一屁股坐在尾部，死死壓住，船尾依然高高翹起。

程霜站不穩，劉十三喊：「滾！往後面滾！」

程霜往船尾努力匍匐，船身恢復平衡，三人圍著酒精爐坐好。

月光洗乾淨了一切，深夜的山腰又亮又清澈。水面平靜，馬達奮力振作，兩道水紋在船邊向後划去。水庫冷清多年，水草搖動，裡面小魚小蝦悄悄活動，氣泡不時冒出，靜靜碎裂。

這是最動人的夏夜，誰也不想說話。水在鍋中滿上，酒精爐藍色的火焰舔著鍋底，氣罐嗞嗞作響。

以前一旦場合沉寂，劉十三都試圖說些什麼，他怕冷場，儘管結果常常更尷尬。現在卻很奇怪，他、球球、程霜，各靠一邊，圍住火爐，一聲不吭，但他們的表情那麼鬆弛悠閒。

劉十三發覺，人和人之間舒服的關係，是可以一直不說話，也可以隨時說話。

他的腦海像掙扎過的水面，許許多多的回憶，思慮如同波紋，緩緩擴散，最終消失，留下平如空白的思緒，只剩輕輕的一聲：真好啊。

「呀！」程霜說：「那是不是射手座？」

劉十三仰頭望星空，歪歪頭：「我不懂星座。」

程霜由衷感慨：「你少了好多跟女孩搭訕的機會，雖然星座幼稚，可人與人的相處，就從廢話開始。」

劉十三不以為然，她大方地伸出手：「沒關係，我搭訕你吧。你好，我叫程霜，一月三十，水瓶座。」

劉十三猝不及防，迅速握下手：「劉十三，六月末，好像屬於巨蟹座。」

程霜像煞有介事地分析：「巨蟹座的男人，乍看顧家老實，對女朋友溫柔體貼，其實內心特別封閉。」

「封閉？這麼嚴重？」

程霜確認地點頭：「他們關心別人的情緒，自己的心事卻藏得很深，不對人傾訴。哎，你是不是這樣？」

劉十三一下明白了，女孩子真是可怕的生物，拐彎抹角地八卦，幸虧他機警，否則一不留心落入圈套。

他琢磨著怎麼回話，球球緊盯著鍋中的水，看到有點沸騰，急忙地撕開速食麵袋子，放下麵餅、調料，磕雞蛋，百忙中插話：「我呢我呢？我春天出生的，什麼星座？」

程霜問：「你生日幾月幾號？」

球球撇撇嘴：「爸爸沒跟我說過。」

程霜摸摸她腦袋：「春天啊，看你這麼貪吃，金牛吧？」

球球瞪大眼睛：「不是的！我吃很少！等我想想，我記得是農曆四月……」

小傢伙冥思苦想，劉十三搶先提問：「你先講講，你有什麼心事？」

程霜靠著船舷，出神地仰望星空，月光灑滿臉龐，頭髮在潔白的耳邊拂過。「我的心事啊，最近的話，可能快回家了。」

「你家在哪裡？」

「新加坡。」

劉十三坐直了，驚奇地問：「你是外國人啊？」

程霜閉上眼睛，風和月光包裹著她，聲音輕柔：「爸媽說，那裡一家醫院的院長，是他們的大學同學，所以搬過去。後來我就從家到醫院，從醫院到家，很少去別的地方。」

她閉著眼睛微笑：「我離開過三次，這是第三次，他們催我回家。」

劉十三呆呆望著她，心裡突然失落。那個童年時相遇的小女孩，曾經坐在他自行車後，小小的臉貼在後背，哭得稀哩嘩啦，說自己快要死了。

他們都長大了，小女孩不哭了，可是，她依然是那片夜色中的螢火蟲，飛來飛去，忽明忽暗，不知道什麼時候，就永遠看不見了，消失在黑夜裡。

風吹散的蘆葦花，漂浮水面，一蓬蓬地流過來，像開放的水母。

程霜唰地睜開眼，驚喜地舉起手，握著一瓶落灰的白乾：「誰留船上的？」她用衣擺擦擦，眉開眼笑：「來來，我們玩遊戲。」

球球興致勃勃：「什麼遊戲，我也要玩。」

程霜指指酒精爐：「小孩不能玩，做飯。」

球球「哦」了聲，委屈地攪拌麵條。

不等劉十三答應，程霜說：「真心話大冒險，猜拳定輸贏，敢不敢？」

劉十三冷笑：「有什麼不敢，大不了喝過期酒，送醫院搶救。」

程霜拿免洗杯，倒上白乾，兩人一飲而盡，警惕地盯著對方，大喝一聲：「剪刀石頭布！」

程霜翻翻白眼，收回拳頭。手比布的劉十三得意揚揚，驕傲地整理頭髮。

程霜厭惡地橫他一眼，撇撇嘴：「我選大冒險。說吧，讓我跳水還是脫衣服。」

劉十三動作頓住，噎了下，結結巴巴地說：「玩……玩……玩這麼大？算……算……算了……這樣，你唱個歌吧。」

程霜「切」了一聲，鄙視對手：「沒勁。」

程霜平時說話大大咧咧，唱歌細細柔柔。她唱：

沒什麼可給你，
但求憑這闋歌，
謝謝你風雨裡，
都不退　願陪著我；
暫別今天的你，
但求憑我愛火，
活在你心內，
分開也像同渡過。

第一句開始，劉十三覺得熟悉。聽著聽著，在山野間的夏夜，他猛地回到了大一的冬至，全校女生都縮在藍色塑膠棚吃麻辣燙，他一眼望見牡丹。人群喧囂中，牡丹仰著乾淨的臉，對著筷子上的粉條吹氣。

冰涼的空氣湧動，塑膠棚透映暗黃的燈光，藍天百貨門外的音箱在放張國榮的歌：

沒什麼可給你，

但求憑這闋歌，
謝謝你風雨裡，
都不退願陪著我；
暫別今天的你，
但求憑我愛火，
活在你心內，
分開也像同渡過。

夏夜的歌聲，冬至的歌聲，都從水面掠過，皺起一層波紋，像天空墜落的淚水，又歸於天空。掌聲傳來，劉十三回神，球球正熱烈鼓掌。程霜矜持地點頭，揚揚下巴：「怎麼樣？」

劉十三定定神，說：「粵語發音挺標準啊。」

程霜得意忘形，大喝：「再來！剪刀石頭布！」

這次劉十三輸了，程霜滿臉期待，他選擇喝酒。

第三局，劉十三輸了，他選擇喝酒。

第四局，劉十三再輸，看見程霜球球鄙視的眼神，心態爆炸，喊：「我怕個鬼，我選大冒險！」

其實他不敢再喝，偷偷思忖，剛剛對程霜十分友好，僅僅讓她唱歌，想必她投桃報李，不至於太過分。

結果程霜等這個機會太久，快樂大叫：「脫褲子！」

劉十三幾乎一頭栽下船：「有點尺度好不好！一個大姑娘，不是自己脫衣服，就叫男人脫褲子，三俗！」

程霜一揮手：「要你管！」

「換一個。」

「你說換就換？一點遊戲規則都不講？」程霜有點不滿：「下個你不能換了。」

「只要你不侮辱我，我都接受。」

「好，那你給牡丹打個電話。」

船上驀然安靜。

球球左右看看兩人，雖然不知道牡丹是誰，但也緊張起來，似乎有不得了的事情要發生。

劉十三艱難地開口：「我斷訊了。」

程霜遞過去手機：「號碼你肯定記得。」

做事情真絕啊，劉十三低頭看著程霜的手機，徒勞地拖延時間，終於等到球球喊：「煮好啦，煮好啦。」

鍋裡微黃透明的麵條熱氣騰騰撲動，散發著洋蔥辣椒和雞湯的香氣。球球抬手用船槳勾過湖心的乾蓮枝，拗斷後折成三人的筷子，遞給他倆。

劉十三正氣凜然，放下手機：「先吃飯。」說完他撈起麵條，猛吃一大口。

太燙了。

燙死我了。

不能停下來，只能靠堅強的意志力。

劉十三吃下滾燙的麵條，心如死灰。

程霜喝了口酒，冷冷地說：「玩不起別玩。」

劉十三莫名悲憤，這麼做對她有什麼好處呢？看他弱小無助的樣子很下飯嗎？

嘲諷的聲音還在繼續：「想不到連打電話的勇氣都沒有，那你賣一千份保單有什麼用，還是沒膽去追回她啊。」

劉十三快被燙哭了。

他不止一次想給牡丹打電話，話到嘴邊，沒什麼好問的。那些反覆糾纏的為什麼，在分手之後的幾個月中漸漸消散，露出它們簡單粗暴的本質。所有的為什麼，答案很簡單，她不愛你。剩下能說的只有，你好嗎，最近怎麼樣，你快樂嗎？

或者，你有沒有偶爾想起我？

無數次拿起手機，又放下，劉十三反覆思考，末了只剩一句話：我可不可以繼續等你？

他確認，這是唯一要問的話了。對方給出否定回答，他的心可以安靜很久。也許不是死心，像島國無數座沉眠的火山，愛意與渴望縮進地幔下面，緩緩跳動，沒有死，可也不會再折騰了。

劉十三緩緩放下筷子，握住手機，按下號碼。手指不聽話地顫抖，哆哆嗦嗦按了幾次，總算按完。

程霜假裝吃麵，不敢發出咀嚼的聲音，含著麵條慢慢嚥，跟吃藥一樣。

接通了，手機免持模式，清晰的女聲：「您好，您撥打的號碼是空號，請您查證後再撥。」

劉十三大驚失色，反覆確認，號碼並未背錯，腦海中的字條無比清晰，數字個個都對，再撥一遍。

「您好，您撥打的號碼是空號，請您查證後再撥。」

劉十三傻眼了。程霜見沒戲唱，不再假裝吃麵，而是真的吃麵，吃得呼嚕呼嚕，邊吃邊熱情猜測：「兩種可能，一、她註銷了號碼。二、給你的是假號碼。」

「不可能。」劉十三喃喃自語。

程霜放下筷子，滿足地說：「事到如今，你還有一個辦法。」

劉十三失魂落魄：「什麼辦法？」

程霜雙手往後腦一枕，舒適地靠著船舷，半躺，笑嘻嘻地說：「再找一個啊。」

劉十三下意識地剛要說，到哪裡去找，話嚥了回去。望著面前美麗的女孩，微微揚起的嘴角，蹺著個二郎腿，他怔怔地想起，收到過兩張字條。

它們夾在筆記本最後的空白頁，像夾在時光的罅隙，人們隨口說的一些話，跌落牆角，風吹不走，陽光燒不掉，獨自沉眠。

十幾年前的一張寫著：

喂！

我開學了。

要是我能活下去，就做你女朋友。

夠義氣吧？

兩年前的一張寫著：

喂！

這次不算。

要是我還能活著，活到再見面，上次說的才算。

她活下來了。

劉十三無法得知，活著對她來說，有多艱難。從七月雲邊鎮再見面，關於這兩張字條，兩人有默契地從來不提。劉十三偶爾想起，那程霜呢，她是否偶爾也會想起自己開過的玩笑？

兩張字條平躺頁面之間，和劉十三千千萬萬的人生目標一起，穿越晨光暮色，沒有一個字丟失。

今天走神太多次了。劉十三半天不作聲，程霜莫名其妙怒氣勃發，把酒瓶一摔：「繼續，不信弄不死你。」

劉十三徹底喪失氣勢，顫顫巍巍出剪刀，怯怯地遞出去，程霜的拳頭已經對到鼻子底下，乾淨俐落，贏了。

劉十三硬著頭皮：「我選真心話。」

程霜冷笑一聲：「好，做女朋友的話，我跟牡丹，你選誰？」

這個問題如晴天霹靂，炸得劉十三魂飛魄散。毫無邏輯，不可理喻。她今晚怎麼了，也沒喝多少啊，趁著月黑風高，咄咄逼人，殺人不見血。

劉十三老實回答：「牡丹。」

程霜眉毛倒豎，氣得點頭，小腦袋一下一下點著：「繼續，石頭剪刀布！」

劉十三的布迎來殺氣騰騰的剪刀。

程霜一腳踏上船舷，居高臨下，威風凜凜指著他：「第二個問題，做女朋友的話，我跟牡丹，你選誰？」

劉十三眼睛一閉：「牡丹。」

程霜牙齒咬得咯吱響，捏起了指關節。

「糟了！」球球叫起來。

劉十三心想，小孩子真遲鈍，船上要發生毆打事件，當然糟了。

球球緊接著又喊：「扎心了老哥，船漏水了！」

劉十三低頭一看，鞋子濕透，船果然在漏水，之前還以為是自己的冷汗。他本能地跳起來，脫下短袖去堵缺口，程霜一腳把他踹開：「漏就漏，現在你回答我第三個問題，要是答錯了，就跟船一起沉下去吧！」

劉十三不敢置信，滿臉震驚地看著程霜。程霜怒目相對，氣得胸口起伏不定。兩人情緒都很激烈，球球也在激烈地撈麵。

都這時候了，她還撈什麼麵。劉十三絕望地想。

球球撈起麵，遞給程霜。程霜一邊瞪他，一邊吃麵，而船在汩汩漏水，快漫到腳脖子了。

劉十三認命地說：「你問你問。」

程霜冷冷地說：「第三個問題，做女朋友的話，我跟牡丹，你選誰？」問完吃了口麵，警告地斜眼看他，補了句：「說過了，答錯了，你就跟船一起沉下去吧。」

劉十三看著腳下的水，缺口咕嘟嘟冒泡泡，幾乎要成噴泉，小船下沉的趨勢越來越明顯。他還有空想到一個問題，如果小船裝滿了水，月亮也會倒映在裡面嗎？

水終於漫過腳脖子，程霜悠悠歎了口氣，說：「算了，不逼你，你選我，我也沒什麼自豪的。拉倒，呸，吃麵吧。」

劉十三縮縮脖子，忍不住小聲問：「水漏成這樣，估計船快沉了，還吃麵？」

程霜和球球不屑地丟他一個白眼，說：「大不了游回去，你激動什麼？」

劉十三沉默一會兒，緩緩說：「我不會游泳。」

十秒鐘後，小船開足馬力，瘋狂向水岸衝去。遺憾的是，露出水面的船體越衝越低，伴隨馬達聲，還有劉十三的哀號，和程霜母女無力的安慰。

「救命啊！」

「爸爸別怕，船上有救生圈。」

「球球，救生圈好像是破的，只有半個。」

「哦，媽媽那怎麼辦？」

「劉十三，我現在教你蛙式，你學得會嗎？」

第十二章　雲下丟失的人，月下團圓的飯

我找啊找啊，找到最完美的媽媽。
她唯一的缺點，就是不在我身邊。

1

八月照樣過得很快。球球跟著程霜，學會拼音，歪歪扭扭能寫下劉十三的名字。天氣悶熱，她的棚子臨水，稍微好些，但晚上蚊蟲飛舞，讓她搬出來住進小院，她不答應，因為要照顧父親。她搗鼓著舊蚊帳，做成門簾，拔菖蒲薰蚊子，好幾天沒出現。

縣城的經濟開發區往山這邊延伸，十幾公里外工地密佈，一棟一棟樓房豎立，鎮上許多人家組團去查看，聽說買房的不少。涉及房價的話題，街頭巷尾逐漸多起來。

劉十三沒閒著，早飯後挨家挨戶拜訪。起初他非常急迫，一看對方沒有投保的意思，立即打算告辭，卻被摁在板凳上嘮嗑，聊著聊著聊出興致，每天喝一肚子茶。月底一統計，落聽二三十單，收穫不小。

他惦記著找毛志傑簽字，又厭煩那個暴力份子，搞得心煩意亂。糾結一陣，下定決心，這天風和日麗，他吃飽喝足，對著一朵閉合的牽牛花歎氣：「看來我不得不去了。」

牽牛花無話可說，劉十三咬咬牙，沉重地邁出家門。

2

月底，補習班結束了，臨近開學，程霜閒得慌。她蹓躂進院子，王鶯鶯拖出齊腰高的柳筐，示意她趕緊過來。

程霜掏出馬克筆，問：「十三呢？」

王鶯鶯說：「談業務去了。來，幫婆婆一個忙。」

程霜舉著馬克筆說：「筆都帶來了，外婆你要寫什麼？」

王鶯鶯說：「這兩天琢磨，小賣部搞點優惠活動，得寫個告示。我不識字，靠你了。喏，在這上面寫，字大點，就寫……從今天起，購買劉十三保險的人，小賣部通通打折。買一份保險九折，兩份八折，超過五份，全部六折包免費送貨上門。就這樣。」

程霜大驚小怪：「外婆，活動力度有點大啊，這不虧本嗎？」

王鶯鶯滿不在乎地搖頭：「不要緊，產業小有小的好處，既沒有發財的指望，破產的損失也很有限。別緊張，按我說的寫。對了，幫我改改，寫得有文化點。」

保麗龍板兩公尺乘以一公尺的面積，程霜吭哧吭哧寫完，擦擦汗，退後兩步審視自己的作品。程霜字跡端正娟秀，疏密均勻，仔細描了空心體，往門口一擺，還算美觀。

王鶯鶯叼著菸，由衷地讚美：「寫得跟畫似的，真漂亮。」

程霜投桃報李：「還是外婆你精神偉大，勇於犧牲。」

一老一少看著剛出爐的海報，互相吹捧，小路傳來大喇叭播放的音樂，歌聲越來越近，伴隨著吆喝的聲音：

「愛情三十六計，要隨時保持美麗。」

「旺發超市開業一周年大酬賓！」

「就像一場遊戲，要自己掌握遙控器。」

「會員大派送，全場特價商品等你搶！」

王鶯鶯咕噥了句，什麼鬼東西。一輛麵包車停下，後頭跟著幾輛摩托車，七八個超市員工往牆上貼傳單。

麵包車副駕駛門打開，蹦下一個富態的老太太，白白胖胖，頭髮燙捲染黑，顛顛走進小賣部，遞過兩張傳單：「王鶯鶯啊，閒著呢？我們超市做活動，你瞅瞅，看中的給你搞員工價。」

王鶯鶯拍拍圍裙，面無表情，轉身去整理貨架。

程霜接了傳單，紅底黃字，印著衛生紙、食用油一溜商品的照片，排版正式。她不由得喃喃自語：「對呀，我們怎麼沒想到還有影印店呢？」

王鶯鶯悠悠地丟話：「拉倒吧，我什麼都有，用得著去你那兒買？口氣別太大，管個麵點部，搞得跟超市老闆娘一樣。哎，要我說，自己開店舒服踏實，給別人打工還要看臉色吃飯。」話到一半，她嚓地點著根菸，雲淡風輕地說：「沒什麼意思。」

胖老太抽回宣傳單，給自己搧風：「有些人的脾氣大，打工也沒人要，對吧小姑娘？」

程霜內心冷冷一笑，這老太太情商不高，也不看看她是誰的人，旗幟鮮明地亮出立場：「有本事的人當然有脾氣，沒本事的人才沒脾氣。」

王鶯鶯精神抖擻，菸頭似乎都亮了一亮，她贊許地看了看程霜，對老太說：「年輕人多懂事，你老糊塗了，好好的饅頭鋪不開，連工人帶方子賣給超市，很光榮？」

老太臉一紅，動作頻率變快，揮著手噴口水：「王鶯鶯，跟你好好說話是不行的，你一定要張嘴咬人，那別怪我放話。什麼時代了，小鋪子小店面能活多久？打開你的狗眼，雲邊鎮才多大，好多多、聯合、豐達，這邊超市，那邊賣場，開了七八個。再看看你，一天幾個客人上門？」

聽到連珠炮似的發問，一般人會陷入沉思。王鶯鶯吐個煙圈：「就算沒有生意，我也開著，為什麼呢，因為我要開著氣死你。」

胖老太果然被氣到，哼唧哼唧，說：「喲喲喲，看你能撐多久。」講完這句毫無氣勢的話，老太爬上麵包車，在音樂聲中走了。

程霜好奇地問：「誰呀，那麼不客氣，像個挑事兒的。」

王鶯鶯搖了搖頭：「年輕時候的姊妹，以前說，女性要自強，頂半邊天。年紀大了，改口了，說這一代人不行，鎮子小，耽誤她了。管不了，別理她。」她脫下袖套，吹了口氣，淡青色煙霧筆直衝出，消散，像若無其事吹掉了往昔。

程霜心想，好拉風的老太太。

兩人正要進門，超市車隊已經拐彎，音樂聲漸弱，一個小夥子脫離車隊，噌噌跑回。他十七八歲，白襯衫，瘦瘦的，跑到王鶯鶯面前，漲紅了臉，低頭小聲說：「阿婆您別生氣，我奶奶就這樣，您別跟她計較，我幫她賠不是。」

王鶯鶯笑了，吧嗒著菸頭：「咳，臭小子，讀書讀傻了？先罵人的是我，要不要我道歉呀？」

小夥子嘿嘿撓著頭，跟著笑：「知道您老人家肚量大，那行，我回去了，司機師傅還等著。」

王鶯鶯叫住他：「等一下。」

「什麼事阿婆？」

「大學成績下來沒？」

「我明年才考大學呢。」

王鶯鶯有點悵然：「哦，都記岔了，明年才考啊，你等我下。」她轉身進屋，提兩袋東西過來。「曬好的木耳和枸杞，你讀書費眼睛，枸杞白天吃，木耳晚上炒著吃，乾淨的，不用洗直接泡。」

小夥子臉更紅了：「謝謝阿婆，不用……」

王鶯鶯硬塞到他手裡：「貴的我送不起，好好念書，別有壓力，不用非得什麼清華北大，人怎麼過，不都是一輩子。拿上，趕緊回去。」

少年怕同伴等急，推兩下還是拿了，鞠了個躬：「謝謝阿婆，再見。」

3

咚，王鶯鶯一刀剁開一隻板鴨，程霜眼珠滴溜溜轉，說：「外婆，你都送他木耳枸杞，我跟你這麼熟，你有啥好東西送我？」

王鶯鶯打開冰箱門，取下一個陶瓷缸，打開蓋子，下層晶瑩的米粒嚴嚴實實，上層漂著酒香撲鼻的糖水，聞著都甜。

程霜眼睛發光：「酒釀嗎！外婆你自己做的嗎？」

王鶯鶯舀了一碗遞給她：「昨天熟的，一直說給你做，嚐嚐。」

程霜吃得眼眉笑成花，一邊吃一邊盯著陶瓷缸，白色的外壁附著細細水珠，看著就讓人涼快不少，已經開始惦記第二碗。

院內微風習習，連吃兩碗，不用空調都覺得涼爽。程霜愜意地打了個嗝，說：「外婆，小時候劉十三偷過你釀的酒給我喝。」

王鶯鶯停了手中的活，坐在竹椅上抽菸，笑呵呵地說：「知道他偷酒了，那天他一回家就撲在床上，一口氣睡到半夜。我這個外孫，從小到大，就是笨，誰家四年級泡妞給人家喝酒的。」

陽光一跳一跳，桃樹投下來影子，讓老太太滿身都是光和葉子，她叼著菸，一笑，皺紋盛開，白頭髮被風吹得有些亂。

吃了酒釀，風一激，程霜臉有些紅，她說：「外婆，我替你梳頭。」

王鶯鶯有午睡的習慣，半躺竹椅，眼睛瞇縫，輕聲嘮叨，開始問程霜的喜好，對什麼樣的男孩子感興趣。程霜蹙著小眉頭，替老太太梳著頭，認認真真回答。

「心腸要好。」

王鶯鶯點頭。

「要有擔當。」

王鶯鶯想想，也點頭，鼓勵她繼續：「具體呢？長相啊，工作啊，比方做保險的你喜不喜歡？」

程霜吃的酒釀，又不是白乾，不會醉，察覺王鶯鶯的用心，手停了，瞇著眼看老太太。

王鶯鶯偷眼發現，一個冷顫，趕緊拍了下大腿，說：「小霜，來來來，給你看個好東西。」

4

兩人溜進劉十三的小房間，王鶯鶯打開櫃子，被子底下摸出餅乾盒，打開，兩張寫作文的方格紙。

「十三成績不行，作文寫得好，國文老師經常誇他。這篇選到縣裡頭，參加什麼比賽，拿過一等獎的。」

王鶯鶯說話間，一貫的不以為然，表情隱隱約約有驕傲。

「我不認字，問他寫了啥，他不肯講。他寫作文，〈記一件難忘的事〉啦，〈最美的春天〉啦，都肯唸給我聽，那一篇怎就不行呢？嘿嘿，他以為小學的東西我賣廢紙了，沒想到會把這個留著。」

王鶯鶯得意地晃晃作文紙：「趁你在，唸給我聽聽。」

程霜也很興奮，清清喉嚨朗讀：「五年二班，劉十三，我的媽媽……」

題目唸完，程霜的嗓子彷彿突然被掐了下，窗簾舞動，影子蓋住王鶯鶯，老太太臉上的皺紋似乎深了許多。

程霜緊緊盯著紙上幼稚的筆跡，心跳得怦怦響，猛地咳嗽起來。

王鶯鶯拍她後背，說：「怎麼了，嗆到了？」

程霜咳了好一會兒，說：「沒事，我繼續唸。」

我的媽媽有一雙明亮的大眼睛，眼睛裡裝的都是我的身影。

我的媽媽有一張溫柔的嘴巴，呼喚的都是我的名字。

春夏秋冬，我的媽媽永遠溫暖。日出日落，我的媽媽永遠明亮。

我愛我的媽媽。

程霜聲音拉得很長，飽含情感，唸完鼓掌：「雖然劉十三的字跟烏龜爬一樣，文采還不錯嘛。小學生這個水準，必須一等獎。」

王鶯鶯出神地聽著，嘴角勉強勾起笑容：「還以為什麼了不起的祕密，普普通通的。」她捋了捋白髮，說：「我去睡個午覺，你也休息會兒。十三的床乾淨，我早上重新鋪過，天氣熱，別出去瞎跑。」

王鶯鶯轉身走出房間，一向精神的她背影佝僂，程霜望著，覺得她很孤獨，也很蒼老。

程霜悄悄走到桃樹下，舊舊的方桌上擺著一缸酒釀，陶瓷外壁凝了水珠，一顆一顆往下滑，像滾落幾行淚。

小房間裡，作文紙放回餅乾盒，藏進櫃子。

程霜臨時編了一篇，五年級的劉十三，寫的並不是這些。

5

五年二班　劉十三

我的媽媽

聽鎮上的人說，媽媽改嫁去了別的地方。她走的時候我四歲，連回憶都沒給我留下。

我問過外婆，媽媽是什麼樣子，外婆不說。我就從別人媽媽身上，尋找她的影子。

小芳感冒了，媽媽把她抱在懷裡，餵她喝藥，所以我的媽媽，也會像她媽媽一樣溫柔。

怕牛大田餓肚子，媽媽往他書包塞雞腿、牛奶糖和脆餅，所以我的媽媽，也會像他媽媽一樣大方。

我找啊找啊，找到最完美的媽媽。

她唯一的缺點，就是不在我身邊。

程霜坐在桌旁，托著下巴，望著門外的小路。柳樹枝條掛得很低，滿眼翠綠，不時有自行車騎過去。風和鳥反覆經過這條小路，多少年也不停歇，枝葉婆娑搖擺，光影交錯，遠處的山峰沉默不語。

雲邊鎮這個夏日最熱的一天，女孩怔怔發呆，她在想，當年那個小男孩寫一篇作文，寫著寫著，會不會哭。

女孩比陶瓷還要潔白的面孔，滑下水珠。不會有人知道，山間平凡的院子裡，有個女孩為什麼哭。

6

速食檔子出攤並不固定，毛志傑打一槍換一個地方。劉十三沿街打聽，在油漆店旁邊的巷子口找到。板車靠牆，板凳沒收，毛志傑和三個中年男人圍著塑膠小桌子，熱火朝天炸金花。他的手氣顯然糟糕，面前筷子大概當作籌碼用的，只剩兩三根，另外三人傳遞眼色，流露出要走的意思。劉十三磨磨蹭蹭，本以為牛大田燒了賭場，鎮上賭徒會改邪歸正，結果依然這麼瀟灑。

牌友看到劉十三，紛紛站起：「阿傑，有人找你，明天玩。」

毛志傑踩滅菸頭，臉紅脖子粗：「贏了就想走？我馬上翻本，坐下坐下。」

牌友說：「翻個球，你昨天輸的一千塊還沒給，走了。」

劉十三寒暄：「大家好，要不你們繼續，打完我再跟他說話。」

三人拗不過毛志傑，怏怏坐下，毛志傑邊洗牌邊問：「你來幹什麼？」

劉十三說：「婷婷姊在我這兒買了幾份保險，需要你簽字。其中有份理財，需要你的帳戶資料，麻煩你報下帳號。」

毛志傑剛點上的菸，一下摔掉，瞪著劉十三，牌都不洗，口水噴到劉十三臉上：「滾！她不是要結婚了嗎？馬上要給老頭子做老婆，還要當後媽，他媽的真不要臉，滾，她買的東西我不要！」

劉十三倒沒聽說毛婷婷結婚的消息，三個牌友七嘴八舌地討論。

「給你買，你就拿，不要白不要。現在不拿，她把錢花到人家小孩身上，你多吃虧。」

「反正她跟外地人去南邊，廣州啊，以後肯定不回來了，你趕緊弄點好處。」

毛志傑重重扔下牌，問劉十三：「那你說，什麼保險，什麼好處？」

劉十三忍住厭惡，拿出保單，耐心地指著幾行重點：「先說理財吧，根據婷婷姊購買的這份，時限十二年，你的年收益率是百分之六。如果你打算按月支取，每個月可以拿到兩百多的項目分紅。」

毛志傑瞟了眼：「哦，送我錢？」

劉十三點頭：「差不多。」

毛志傑唰地奪過保單，往牌桌上一丟：「你們聽到了，每月兩百塊，一共十二年，我五千塊賣給你們，誰要？」

牌友興奮起哄，一人說：「別，毛婷婷的東西誰敢碰啊？人人知道她晦氣，剋死雙親，還是個哭喪的，真他媽髒。不小心碰到她的東西，得回家拿香灰洗手，對不對？」

另一人拍拍毛志傑的背：「虧得你不認她，不然也被剋死。」

混混嘴巴沒遮攔，講得起勁，最後一人說：「可憐你那個姊夫，唉，他不曉得毛婷婷在本地的名氣，要是他知道，還敢娶她嗎？」

血湧上腦門，劉十三喊：「閉嘴！」

毛志傑一腳踹中他肚子，踹得他連退幾步，一屁股坐倒。毛志傑蹲下，揪住他頭髮：「幹什麼，你跟她有一腿？」

劉十三抓著他的手腕，憤怒地喊：「鬆開，老子不賣了，老子去退給婷婷姊！」

毛志傑隨手撿起一塊板磚，拍拍他的臉：「她花了多少錢？」

劉十三說：「四份。八萬。」

毛志傑齜牙笑：「退了，退給我啊。」

劉十三幾乎不敢相信自己的耳朵：「你他媽還是人嗎？」

毛志傑說：「退不退？」

小鎮的夏日，全鎮懶洋洋，只有知了不知疲憊地鳴叫。汗水掛在眼角，劉十三覺得胸悶，悶到要爆炸，他也撿起一塊板磚，指著毛志傑說：「鬆手。」

毛志傑陰冷地盯著他，揪頭髮的手更加用勁：「我說，保險我不要，八萬，退給我。」

劉十三似乎感覺不到疼痛，說：「不可能，那是婷婷姊的錢。」

毛志傑揚起板磚：「退不退？」

劉十三也揚起板磚：「你砸我，來，你砸我也砸！」

「去你媽的！」毛志傑一板磚下去，「砰」地一聲，劉十三天旋地轉，記著也要砸過去，手根本不聽使喚，整個人倒了。

他蒙了，眼前有紅色的液體，自己都能感覺到眉毛邊濕漉漉的。

牌友們一看真的打傷人，一哄而散。毛志傑退了幾步，慌慌張張，推起板車，從劉十三迷糊的視線裡消失。

7

小鎮醫院，劉十三縫了幾針，醫生說不嚴重。劉十三頭裹紗布，哭喪著臉，不知道回家怎麼交代。門口一陣腳步聲，毛婷婷匆匆忙忙進來。

她雙手不安地絞著，說：「十三，他打你了？要不要緊？」

劉十三捂住臉，悲憤地說：「縫了幾針，能有多大事。都傳到你那兒了，看來外婆肯定也知道了。」

毛婷婷慌亂地晃手：「不是不是，有人看到跟我報信的。」

劉十三歎口氣，說：「婷婷姊，你那保險我做不了，回頭退給你。」

毛婷婷說：「連累你了，對不起。」

劉十三說：「婷婷姊，你要結婚了？」

毛婷婷臉騰地紅了，年近四十的女子，原本鬢角有星星點點的白，這會兒不見了，估計染回了黑色。她不安地說：「對，國慶辦喜酒，你和阿婆、程老師都來。」

劉十三說：「姊夫什麼樣兒的？」

毛婷婷小聲說：「姓陳，廣州人，到開發區蓋樓房，跑山裡吃飯，認識了。老陳比我大八歲，二婚，工地上的，曬得顯老，但懂照顧人。」

劉十三笑了，興致勃勃地說：「那我們到時候去鬧洞房。」

毛婷婷說：「十三，保險不用退，換個受益人，填老陳的兒子，你看好不好？」

這是對毛志傑死心了，劉十三有些替她高興，說：「好啊，按你說的辦。我沒事，只要你想通，孫被打，王鶯鶯也不會怪你的。」

劉十三認真地望著她，說：「婷婷姊，你要幸幸福福的啊。」

毛婷婷走的時候，劉十三發現她哭了。因為她用雙手握了握他的手，表示歉意，劉十三看到，有一滴水落在她胳膊上。

8

九月也過得很快。學期伊始，同球球好說歹說，小傢伙終於答應上學，隆重打了張借條。程霜抽空去看，球球乖乖背著手端坐，聚精會神地學習。

中秋放假三天，院子熱鬧起來，王鶯鶯自己烘的月餅，一百個賣得飛快。淡淡的圓月剛掛上天邊，雲彩絢爛，程霜溜進院子，大喊：「外婆，今晚吃什麼？」

薑片和蒜瓣在油鍋蹦躂，王鶯鶯把砧板上的鯽魚一條條放下去。魚肚皮鼓鼓的，切口處黃澄澄的魚子滿到溢出。

她忙著澆滾油，笑著回：「自己看。」

程霜環顧廚房，瓷磚台上依次放著發好的豬皮、木耳、干貝和海蜇頭，桌上壘著水靈靈的黃花菜、萵筍筍、莧菜，中間一碗青嫩的毛豆仁。旁邊塑膠袋打開，蟶子、羊肉、蝦、蹄膀。屋簷掛著的臘腸、醃火腿也摘下來了，程霜吞吞口水：「外婆，太豐盛了，劉十三要結婚？」

王鶯鶯看鯽魚兩面的皮金黃微皺，放入紗布大料包，加水跟醬油，合上蓋子任鍋中咕嘟：「你都沒點頭，他結個屁。」

程霜拍拍手：「我點頭了，有個女同事還行，明兒喊她來。」

王鶯鶯斜眼看她：「幹嘛今天不喊？」

程霜摟著她胳膊，說：「今天吃的不想分給她。」

小蔥打結，在豬油裡熬，熬出最香的蔥油。蒜泥炒熟，和蔥油一起爆，撒點辣椒絲，加一碗高湯煮沸。蟶子用料酒和醬油醃一會兒，搭著薑塊蒸熟，把剛沸騰的蔥油蒜泥高湯澆上去，滋啦一聲，人間最強美味。

蔥油和蒜泥的香是不由分說的。誰說自己能抵抗這時蟶子的鮮美，劉十三不會相信。想到今晚的這道菜，劉十三美滋滋。

三十份保單辦完，公司哪怕再苛刻，提成得下發，足足兩萬出頭。

他買了鎮上最貴的書包，兩百。打算去化妝品專賣店買盒最貴的面膜，看了一圈，心中大喊一聲無量壽佛！最貴的太貴，咬咬牙買了，用掉一千二。給王鶯鶯配副老花鏡，四百多。想起外婆得濕疹，問了藥房，買了最貴的藥霜，兩百多。錢包癟了，拎著塑膠袋回家，劉十三腳步輕快，感覺自己就是外出奔波、奮發捉蟲的麻雀，現在要回去餵嗷嗷待哺的一家老小。

小賣部廚房裡，炒鍋在燉紅燒鯽魚，王鶯鶯又起一鍋，從瓷罐中挖兩勺豬油沿鍋壁化開，她瞅瞅專心剝蒜的球球：「小丫頭，這幾天跑哪兒去了？都不來看看太婆。」

球球噘嘴：「我家裡有事嘛，球球要照顧爸爸的。」

王鶯鶯「哦」了聲，把空心菜瀝乾水，手折一折扔進鍋裡，等待的幾分鐘，她點根菸，又問：「今天你爸不在家？」

她問的是球球親爸，球球搖搖頭：「他吃過午飯出去玩，估計不回來。」

王鶯鶯點點頭，叼著菸到大廳櫥櫃拿了罐藥酒遞給球球：「看著點，他出門，容易被別人打，回去給他擦擦，好得快。」

球球接過，乖巧地說：「謝謝太婆。」

「球球今天有什麼想吃的？」

「想吃甜的！」

「那我們做個宮保蝦球好不好？」

「好！」

燈火通明，歡聲笑語，這是劉十三回到家腦中浮現的第一句話，特別俗套，特別貼切。

程霜正在大廳門口打電話：「你們也吃月餅啊，沒有月餅？吃披薩啊。」

看到劉十三回來，程霜擺擺手示意，繼續跟電話說：「我吃得可好呢，一會兒發視頻給你們看。就這樣，我幫忙去啦。」

電話一掛，程霜就對劉十三露出大大的笑臉：「你回來啦！工作辛苦了！」

劉十三受寵若驚：「你搞什麼，這麼溫柔，有什麼陰謀？」

程霜翻個白眼：「我是看在外婆的分兒上，今天中秋節，要和和美美。」

王鶯鶯擦著手，頭也不回：「你隨便罵，不開心就打，打完看會兒電視，菜馬上就好。」

劉十三舉起袋子，大聲宣佈：「我發到薪水啦，每個人都有禮物！」

三人驚喜地接過袋子，球球看到那個粉紅色書包的時候，控制不住小嗓門尖叫一聲，抱著書包又蹦又跳。

「謝謝爸爸，爸爸真好！我愛爸爸！」

程霜收起面膜，喜笑顏開，那邊王鶯鶯又心疼又高興：「買這麼貴的東西幹什麼，我用點青草膏就好了。」

她打開藥霜蓋子一聞，又遞給程霜：「你聞聞，香不香？」

程霜使勁點頭：「香！」

劉十三得意洋洋：「王鶯鶯，別說我捨不得給你花錢啊。」

王鶯鶯面容一變：「鍋裡還燉著魚呢，搗什麼亂，魚焦了我把你燉了。」

王鶯鶯急匆匆回廚房，劉十三莫名其妙，老太太拿了他的東西，也不見服軟。

程霜輕聲說：「她其實高興極了，不好意思誇你。」

劉十三也小聲說：「我知道。」

程霜一晃面膜：「謝謝啦。」

劉十三有點不好意思：「鎮上牌子少，也不知道新加坡人能不能用。」

程霜作勢抽他，王鶯鶯在廚房發出指令：「院子裡吃飯，菜多，劉十三，抬圓桌！」

程霜幫著劉十三，將圓桌檯面抬到小方桌上。

中秋的月亮圓得滴水不漏，完美得跟畫在天空上一樣。桃樹似乎也歡喜，葉子泛起光亮，院子浮動秋日山間特有的香氣。

擺好桌面，程霜說：「我用不慣。」

劉十三愣住：「啊？」

程霜罕見地低頭：「你送的，不捨得用。」

劉十三說：「垃圾，用完再買。」

程霜飛起一腳，沒踢中，冷笑著說：「你敢躲？」

劉十三說：「我沒躲，我去廚房幫忙。」

9

桌邊四張條凳，隔壁桂花開了，從牆頭探出好幾枝。桌下點盤蚊香，三人正襟危坐，王鶯鶯手腳飛快，片刻間擺完盤子碟子。最後一鍋湯上桌，王鶯鶯才脫下圍裙，擎了壇酒落座。

王鶯鶯夾一大塊魚子放到球球碗裡：「小孩子多吃這個，補腦。」

球球歡呼一聲，大家正式動筷。

蹄膀燒麵筋，汁水四溢，綿軟有嚼勁。上湯莧菜，紅湯夾著燉去鹼味的皮蛋粒，像一碗寶藏。大蝦球一團團裹上茄汁，咬開就彈到牙齒。油渣炸到酥脆，撒一抹辣椒粉，可以留著慢慢下酒。劉十三悶聲不吭，端起蔥油蟶子放在面前，在王鶯鶯銳利的目光中，猶豫了下，夾給程霜一個，球球一個。

三雙筷子上下飛舞，吃得頭也不抬。

王鶯鶯樂呵呵地看著小輩們的吃相，拍開酒罈，倒下半碗黃酒，點根菸，慢悠悠看著月光：「桂花落得有點急啊，本來想跟隔壁打個招呼，採了做桂花蜜的，做好明年就有的吃。」

劉十三喊：「外婆，別看花，吃飯啊。」

王鶯鶯夾一筷炒空心菜：「不急，一會兒還要吃月餅，留點肚子。」

程霜鼓著腮幫子，努力嚼蹄膀，站起來舀冬瓜排骨湯，還不忘艱難地拍馬屁：「外婆，你這個手藝應該開飯館，好久沒吃這麼香了。」

王鶯鶯超出常理地溫和，白髮紮了個髻，一絲不苟，連皺紋都露著笑意。老太太倒了三碗酒：「外孫，小霜，我們碰一個？」

「好。」劉十三擦擦嘴，和程霜一塊兒舉起碗，三碗相碰，月光下發出清脆的一響。

「球球也要！」球球舉起舔乾淨的空碗。

王鶯鶯笑了，給球球倒上一點：「今天中秋，一家團圓，小孩子喝點酒沒關係。」

球球一口喝完，圓鼓鼓的小臉頓時通紅，憋了半天，吐出一句：「好酒！」然後原形畢露，猛灌白開水。

劉十三不記得自己最後喝了多少碗，空酒罈子彷彿不小心跌下桌碎了。王鶯鶯一直在說真好，說今天真好，說看到他們心裡高興。

他似乎聽到哽咽的聲音，聽不清楚是誰的。

不應該，可能高興壞了吧。

王鶯鶯醉了，他想。

好多年了，上大學後，第一次在老家過中秋，也是他第一次和這麼多人一起過中秋。如果這樣能讓王鶯鶯開心的話，以後每年中秋，他還是回來好了。

第十三章　婚禮

暗藍天空掛著的月亮，今夜如勾，
他想起毛婷婷在婚禮上安安靜靜，笑得大方，
但眼睛裡沒有喜悅，只有離別。

1

毛婷婷的婚禮定在十一，國慶假期，比較倉促。劉十三和程霜去幫忙，見到老陳，如毛婷婷所說，看著顯老，但人實誠，憨笑遞菸，話也不會說。

劉十三蹲在地上，跟老陳打氣球，隨便聊天：「婚禮後你們就走？」

「回廣州。」老陳言簡意賅，附帶招牌憨笑。

「聽說你有小孩？」

「嗯，兩個。」說到孩子，老陳一笑，魚尾紋叢生，豎起兩根粗壯的手指頭：「男孩八歲，女孩十歲。」大概看出劉十三對他不放心，老陳難得多說幾句：「我跟她在葬禮上認識的。」

「啊？」

老陳絲毫不嫌晦氣似的：「在開發區做樓房，同事的父親過世，我跑來參加追悼會，看到她了。當時我想，哪個親戚，哭得真傷心。看她大半天也不吃飯，就喝了口水，拿個饅頭去招呼一聲。然後知道她不是親戚，是工作來了。」

劉十三想問，你不介意她的工作？看老陳撿到寶的表情，立刻明白，他肯定不介意。

「本來準備第二天回去，晚上翻來覆去睡不著，早上到了客運站，心想不成，掉頭又回來，在旅館住著，不好意思找她，總算等到她去麵館吃飯，終於說上話。」

說到這裡，老陳停了，他感覺交代完畢，繼續打氣球。

他的講述近乎平淡，劉十三莫名覺得還挺可靠。

他不嫌棄她身世孤寒，工作古怪，她也不嫌棄他離異，有兩個孩子，誰能想到呢？天南海北互不相干的人，人生路走了這麼長，眼看放棄希望的時候，他看見她的淚水。

可能這就是緣分吧，劉十三想想，有點羨慕。

2

十月一日，水晶酒店，紫白粉間隔的氣球拱起一道門，迎賓桌上擺滿玫瑰和千紙鶴。毛婷婷喜帖送得多，鎮上人家紛紛來了。劉十三犯著嘀咕，王鶯鶯這會兒還沒到，不像她的為人，賓客入席了，沒瞧見她身影。

劉十三晃悠一圈，發現自助區有個眼熟的書包在晃動，球球躡手躡腳，鬼鬼祟祟地伸手，不停把糕點往書包裡塞。

劉十三蹲她旁邊。「你吃得完嗎？」

球球嚇了一跳，張開口的書包嘩啦啦往外掉東西，瓜子酥、雞蛋糕、巧克力，更過分的是她用塑膠袋裝了一整隻燒雞。

球球沒好氣地白了他一眼，手腳麻利地塞回去。「因為吃不完，才要帶走啊。」說得有道理，劉十三繼續問：「不帶點值錢的，拿這麼多雞蛋糕幹嘛？」

球球嘿嘿一樂：「我爸最喜歡吃這個，帶回去他能開心得蹦起來。」

劉十三沉默一下，說：「我幫你打掩護，別人看到了，就說是我不要臉讓你拿的。」

球球瞪大眼睛：「難道你以為我白拿？一會兒靠我遞菸送酒，大家都知道，沒人會管我。」

劉十三驚奇：「感覺你混得比我好。」

球球冷笑：「說得好像有人比你差似的。」

牛大田東張西望，遠遠地喊：「十三，你在這兒啊。」

劉十三循聲望去，大吃一驚，幾天沒見，牛大田刻苦讀書，居然讀出了近視眼。他推推鼻樑上的眼鏡：「別看了，平光的，裝裝樣子。」

劉十三問：「秦小貞呢？」

「調休，中午得去換班。」牛大田有點失落：「以為今天能跟她坐一塊兒，英語聽力都不做就趕來了，沒想到銀行這麼跟我過不去。換了以前，我就去銀行潑油漆。對了，我問你，當年考大學的參考書在不在？你回家找找，送我吧，現在教材太貴，能省一點是一點。」

「你真打算考大學？」

「為了小貞，別說考大學，讓我讀研考博又怎樣？」

劉十三拍拍他的肩膀：「王鶯鶯早當廢紙賣掉了，你要不服氣，找她報復。」

牛大田嘖了聲，問：「阿婆人呢？」

劉十三聳聳肩：「不知道，一大早出門，現在沒見著，這種外婆送給你好了。」

牛大田連忙搖頭，離開宴有段時間，劉十三閒著沒事，索性考查下牛大田的學習進度。迎賓桌上隨手拿了紙筆，列出二元一次方程式，問：「你會解嗎？」

牛大田沉思半晌：「這是什麼？」

劉十三沉思半晌：「這是國中題目。」

牛大田如同螢火之光撞上皓月當空，不敢置信地愣在當場。

劉十三得出結論：「如此看來，你暫時只有小學水準。加油。」

3

王鶯鶯起了大早，盤算一天日程，街道辦事處要她去銀行開資產證明存檔，不能拖。鎮上組織老人體檢，這個不管。毛婷婷婚禮得包紅包。盤算完，決定先去銀行，辦好證明，取個紅包錢，來得及吃喜酒。

結果沒料到銀行人頭攢動，大概節假日的緣故。

大廳經理關切走來：「老太太，您辦什麼業務？簡單的話我跟前面的人商量，讓您先辦。」

王鶯鶯看這人頗有幾分善良，也很想利用他，奈何自己不光取錢，還要辦見鬼的證明，估計沒法插隊了。

大廳經理替她找了座位，倒了杯水：「老太太，您臉色有點差，怎麼不讓兒女來？」

多管閒事，王鶯鶯板著臉：「兒女臉色更差，我自己跑一趟鍛鍊身體。」

經理笑了，客套幾句，轉去服務一位孕婦。

王鶯鶯苦等，臨近中午，離她還差十幾號。她挪挪坐疼的屁股，站起來踱步，銀行的玻璃大門外起了騷動，聲浪越來越高，夾雜尖叫聲。

王鶯鶯往門口走，見到四散奔逃的人群，接著一聲慘叫，隨後騷動忽然一頓，場面安靜數秒，直接炸開，有人往銀行裡躲，有人往外頭衝，兵荒馬亂。

躲進來的人臉色煞白，驚魂未定，在那兒傳遞消息。

「王勇王勇，是那個瘋子王勇！」

「他不是精神病嗎，早說過趕緊關起來，遲早出事。」

「出大事了，他拎把斧頭，剛剛亂揮，有個小姑娘遭殃了，砍在臉上，我的媽，全是血！不死半條命也沒了！」

「什麼小姑娘？誰啊？」

「我認識我認識，銀行裡頭的，秦家的，叫秦小貞！」

4

水晶酒店宴會廳，司儀結束發言，老陳總算牽到毛婷婷的手，笑容滿面地站在舞台中央。

牛大田被劉十三打擊，一蹶不振地吃飯。劉十三安慰他半天，說：「就算你是白癡，秦小貞也會等你。」聽到這種沒天良的話，牛大田收起陰沉的胖臉，奮戰白斬雞。

球球穿梭全廳，中華芙蓉王每桌四盒。她偷偷跟劉十三說，給王鶯鶯留一條中華菸。

突然牛大田放下筷子，說：「我的心怎麼跳那麼快？」

被他一說，王鶯鶯還不來，劉十三有點慌，打個電話，沒人接。他在伴娘群中找到程霜。「看到王鶯鶯沒？給她打電話，不接。」

程霜搖搖頭，下巴一點舞台：「一會兒跟你找，我感覺毛婷婷也不對勁，從早上化妝開始，坐立不安的。」

劉十三看毛婷婷，化完妝真的美，穿著白婚紗，臉上卻笑得勉強，說：「等人吧，可她明明知道不會來的。」

程霜撇嘴：「攤上毛志傑這樣的弟弟，煩。」

音樂變得歡樂高亢，司儀宣佈：「請新郎說出誓言，為新娘戴上婚戒！」

保管婚戒的花童是老陳的兒子女兒，特地從廣州接來參加婚禮。男孩打開盒子，女孩遞給老陳，老陳單膝跪地，遞上戒指，顫抖著嘴唇，半天開口，一張嘴，把麥炸了。

「老婆！」

麥克風鳴音不止，賓客大笑，婚慶團隊忙上場調設備。

「老婆，認識你的時候，你在哭。我發誓，以後不會讓你再流一滴眼淚。」自覺話說得有點大，他補充一句：「開心的眼淚不算。」

來賓樂不可支，毛婷婷衝老陳笑笑，目光回到賓客中游移，又轉向門口。

門口空蕩蕩。

她垂下眼睛，彷彿決定了什麼，再抬眼，笑容滿面。她擦去老陳滿腦門的汗，鼓勵他慢慢說。老陳深呼吸，握住毛婷婷的手：「我永遠不會傷害你，永遠愛你，永遠是你的小煤球。」

沒想到五大三粗的老陳還有暱稱，賓客們笑得更厲害，但台上兩個人卻哭得稀哩嘩啦。

劉十三大力鼓掌，別人的眼光重要嗎？他們兩個人很認真，認真地幸福著，這才重要。

鼓掌聲漸起，工作人員不失時機地放起〈今天你要嫁給我〉，大家應聲鼓掌，音浪席捲整個大廳，所有人包裹其中。

5

身前的人群轟然騷動，尖叫連連，王鶯鶯被推了一把，差點摔倒。

「他走過來了！到銀行來了！」

「瘋子過來了！」

「快關門啊，警衛呢？」

滿身髒汙的王勇提著斧子，人潮像被劈開，他走進銀行，那把斧子沾著血。人們後退，再後退，最內層的人脊背貼到大廳四壁，被擠得大喊大叫。

王勇走到櫃台：「我取錢。」

他臉上看不出狂暴的痕跡，帶著靦腆的微笑，似乎在說，不好意思麻煩你了。

櫃員退得很遠，瑟瑟發抖，看著王勇掏出一把字條。銀行的人見過，王勇拿著這些借條取錢，不是一次兩次。

經理衝櫃員焦急地打手勢，櫃員顫抖著取出一疊鈔票，丟在櫃台上。

王勇高興得漲紅了臉：「要有中國人民銀行字樣的，要一張一張的。」

櫃員丟完錢，退回去，連連指著錢，話也不敢說。王勇跟她嘮家常：「女兒開學啦，買課本，買球鞋，買吃的，謝謝你，謝謝你啊。」

閆小文帶著幾個年輕民警，這時候剛剛衝進銀行。

6

聽我說，
手牽手，
跟我一起走，
創造幸福的生活；
昨天已來不及，
明天就會可惜，
今天嫁給我好嗎。

音樂聲中，毛婷婷和老陳接吻，孩子撒著花瓣。劉十三褲兜裡手機嗡嗡震動。王鶯鶯總算回電話了，他鬆口氣，接通電話。

聽筒裡有奇怪的喧囂，王鶯鶯的聲音緊張到尖銳：「球球在哪裡？」

劉十三莫名其妙，抬眼看看場內，球球分完菸，小書包鼓鼓囊囊的，賊眉鼠眼又喜不自勝地朝他跑來，手中揚著一條留給王鶯鶯的中華菸。

「在我這兒，怎麼了？」

「你一定要把她看緊了，哪兒也不許她去，聽到沒有？一定要看緊她！」

婚禮現場音響聲大，電話那頭鬧哄哄的，講話聽不清楚，劉十三問：「你在哪兒，出什麼事了？」

王鶯鶯的聲音時斷時續：「作孽……不能……不能開……」

球球邀功地遞上香菸，劉十三笑著衝手機喊：「聽不清，你快來，球球給你留了好東西！」

7

閆警官衝進門，緊張地持著槍，喊：「放下斧頭！」

王勇縮了下脖子，乖乖地看員警圍上來，沒做反抗，小聲說：「員警同志，我不要利息，你讓他們把本金還給我，我想給女兒買東西。」

閆警官盯著他拎斧頭的手，說：「什麼本金，你有什麼要求，我們商量。」

「商量嗎？」王勇好像漸漸想起來什麼，臉上浮起古怪的笑容：「員警同志，我犯罪了嗎，是不是要槍斃我？」

閆警官眼神示意，讓同事準備，自己穩定王勇的情緒：「犯不犯罪，要法庭判，你先放下斧頭，放下來，就不會犯罪了……」

王勇連連搖頭：「我要死的，我死了，球球才能過得好。他們說的，我死了，過得好。你幫幫我，判我死刑……」

閆警官說：「我幫你，你要相信我……」他下巴輕輕一動，同事要撲倒王勇的瞬間，王勇猛地揮舞斧頭，大喊：「你們從來不幫忙的！」

民警猝不及防，下意識一彎腰，沒被劈到，而王勇徹底瘋了，喊：「你們從不幫忙的！從不！」

閆警官喊：「放下！放下斧頭！」

王勇再次舉起斧頭，眼睛血紅：「我死了，球球才會好。」

8

台上毛婷婷夫妻鞠躬致謝，音樂聲震耳欲聾：

聽我說，

手牽手，

我們一起走，

把你一生交給我；
昨天不要回頭，
明天要到白首，
今天你要嫁給我。

球球拽著劉十三的胳膊搖晃，劉十三對著電話笑：「球球要跟你說話……」

電話那頭砰的一聲巨響，直衝耳膜，把他牢牢釘在原地。聽筒內無數的尖叫聲，劉十三茫然，隨之王鶯鶯嘶啞地大喊：「看住球球，看好她，聽到沒有！」

賓客席有人握著手機，站起來驚恐地喊：「出事了！王勇精神病發作，被員警打死了！」

劉十三心跳得怦怦響，發覺球球的小手僵住了。電話那頭，王鶯鶯喊聲沒停：「看住球球！她爸爸沒了！她爸爸沒了！」

他張著嘴，慢慢低頭，球球仰著臉，瞳孔失去焦點，微微地掙扎。

劉十三終於反應過來，王鶯鶯說的話什麼意思。他猛地抓緊球球，不顧她的反抗、疑問、拳打腳踢，猛地撈起她，頭也不回地往家走去。

「你放開我！我爸爸出什麼事了！你放開我，你不是我爸爸！我要去找我爸爸！」

球球的書包被擠開，雞蛋糕掉了一地，她喊得聲嘶力竭：「你不是我爸爸，我要去找爸爸！」

她小小的身子不知道哪兒來的力量，拱出劉十三的臂膀，摔落在地，爬起來就跑。

劉十三大吼：「球球！」

球球頭也不回。

劉十三和程霜追到派出所，據說小姑娘又哭又叫，把一個民警咬得傷痕累累。人們議論，說罰警官開完槍蒙了，失了魂一樣任由同事奪槍，把他扣住。

民警要求無關人等立刻離開，兩人默默無語走回，路過水晶酒店，球球的書包掉在路旁，沾滿灰，雞蛋糕都掉了出來。

程霜眼中噙著淚，撿起書包，拍去灰塵，緊緊抱住。

9

整個十月，劉十三像被生活推著走。程霜打聽完球球的消息，面色憔悴，腫腫的黑眼圈，她告訴劉十三，球球會被送進福利院，而他們沒有領養的資格。

「有辦法領出來嗎？」劉十三問。

程霜搖頭：「等有資格的人收養，或者到十八歲自行發展。」

大概因為沒照顧好球球，王鶯鶯似乎生起悶氣，精神懨懨的，大白天躺在床上，不知道想些什麼。劉十三一邊研究領養條件，一邊推銷保險。銀行出了事，鎮上居民的危機意識強烈許多，保險居然賣得很快。

劉十三拿著業績單子，坐在桃樹下苦笑。

程霜開導他：「業績進步該高興，球球沒了爸爸該難過。誰說高興和難過會互相抵消呢，人為什麼不能同時保留希望與悲傷？」

她望著秋天凋零的桃樹，說：「希望和悲傷，都是一縷光。」

十月某天劉十三經過婷婷美髮店，入夜時分，店內意外地燈火通明。門開著，劉十三納悶地走進去，四面新刷了白漆，空空蕩蕩，毛志傑端坐中間，腳下堆著鍋碗瓢盆，兩眼失神，盯著天花板。

劉十三不明所以，看到他就想往外走。

毛志傑主動搭話：「十三，你去喝我姊的喜酒沒？」姊這個字從他口中說出來，非常陌生。

劉十三「嗯」了聲，毛志傑又問：「我那姊夫人怎麼樣？」

劉十三說：「老實人，對你姊不錯。」

毛志傑點頭，喃喃說：「那就好。」

劉十三沉默一會兒，說：「你姊那天一直在等你，如果你想要那份理財收益，隨時到我家簽字。」

毛志傑笑笑：「姊把店面過戶給我了。」

劉十三想罵髒話，毛婷婷的愚蠢超出他的想像。說房子給了毛志傑，怕他賭輸掉，爭了好幾年，打了好幾年，結果放棄了。劉十三一陣焦躁，毛志傑說：「她這樣不對。」

劉十三怒氣上來，突然聽到毛志傑一個大老爺們抽抽搭搭的。

他說：「這樣不對，什麼都不帶，我沒有給她準備嫁妝，她這樣到了夫家，會被公婆看不起的。」

他雙手捂著臉，滑下板凳，蹲著，哭聲越來越大。

他說：「我才知道，她早就過戶給我了，上面寫七年前她就過戶給我了，就差我簽名。」他的手背被眼淚打濕，「我都沒有給她準備嫁妝……她出嫁的時候一個娘家人都沒有……」

在男人的哭聲中，劉十三慢慢退出去。

雲邊鎮的夜路，他熟悉無比。暗藍天空掛著的月亮，今夜如勾，他想起毛婷婷在婚禮上安安靜靜，笑得大方，但眼睛裡沒有喜悅，只有離別。

劉十三也拎著果籃，去醫院探望過秦小貞。具體當時瘋子怎麼弄傷她的，群眾不太清楚。秦小貞說急著換班，推開人群往銀行走，之後的記憶，只剩一片血色。

醫生說，她運氣好，沒傷到動脈要害，也沒割破眼球，斧子從脖頸處劃過，直切額頭，把臉分成兩半。

秦小貞醒來後，執拗地要照鏡子。臉部縫合二十六針，黑色針腳形成短小橫線，一格格爬過她的容顏。

她半天沒說話，她特別愛美，下班必定要換下制服，髮梢都保養得沒有分叉。秦家老兩口勸到嘴乾不管用，只好把等在病房外的牛大田放進來。

牛大田一進門，秦小貞就把自己蒙在被子裡，死活不願露面。

牛大田眼圈紅紅，問她：「如果我考不上大學，你會不會嫌棄我？」

被面輕微動動，秦小貞在搖頭。

牛大田又問：「如果我一事無成，賺不到錢，除了對你好別的都不行，你會不會討厭我？」

秦小貞用力搖頭。

牛大田大聲說：「那你就算臉全爛掉，胖成肥婆，十年不洗頭，我也不會嫌棄你。」

被面抖動起來，是秦小貞忍不住笑，笑到氣悶，掀開被子責怪：「不要亂說話，誰是肥婆？我傷口會裂開的！」

牛大田嘿嘿看著臉上長疤的秦小貞，由衷讚美：「你這樣子，真酷。」

劉十三到病房的時候，秦小貞、牛大田打著遊戲。他眼睛一瞥，床頭櫃上擺著秦小貞常拎的方便袋。

秦小貞放下手機，眨眨眼：「幫我拿一下。」

劉十三把袋子拎過去，秦小貞推給牛大田：「以前你天天跟著我上班，我就帶著了。喊你看越劇那天，本來想給你，結果你跑得太快。廚師等級考試的資料，沒事就看看。」

牛大田舉手發誓：「我天天做模擬試卷，沒空看這些閒書。」

秦小貞撲哧笑出來：「拉倒吧，什麼年紀了，還真的考大學，你是那塊料嗎？考個廚師，不光賺錢，還能給我做好吃的。」

牛大田兩眼放光：「我可以不學幾何物理了？」

秦小貞搖頭：「不學！」

牛大田再問：「那你爸媽呢？他們能同意？」

秦小貞看病房門口，門框邊緣露出秦爸鞋尖，她笑了笑，小聲跟牛大田說：「同意。」

牛大田當場歡呼出聲，抱著書激動得不知所措，轉幾圈想親秦小貞，沒好意思，就狠狠在劉十三臉頰上吧唧了一口。

劉十三擦擦臉，嘴邊也泛起笑容，心中有所寬慰，陰霾這麼多天，終於在十月的尾聲迎來一件好事。

院子門口青磚小道第一次結霜，就快立冬，王鶯鶯病倒了。她扶著門框，身後灶台咕嘟嘟燉著羊肉，熱氣蒸騰，鍋鏟從手裡哐噹掉了，老太太也緩緩滑下。

這一年雲邊鎮的秋天，結束了。

第十四章　外婆的拖拉機

「外婆，你會不會永遠陪著我？」
「外婆在的，一直在。」

1

半年前，五月份，雲邊鎮花開得最燦爛，王鶯鶯去了趟縣城，是鎮上護士讓她去的，反正不遠，十幾公里，搭個公車就到。

第一人民醫院門口，主任一直把老太太送出來。王鶯鶯手中拿著CT袋子和病歷本，聽他壓低著聲音說：「放化療的意義不大，你回去跟家屬商量下，如果需要，我給你安排。我的意見是……」主任歎口氣，繼續叮囑，「你可以考慮中醫療法，不能完全放棄。」

王鶯鶯回過神，對醫生笑笑：「哎，好的，謝謝主任。」

後來他說什麼，王鶯鶯有些聽不清，腳步好像踩在棉花上，虛虛的不受力。

「早點跟家屬商量。」

王鶯鶯點點頭。

「腫瘤邊緣不清，切片驗出來情況不好，惡性，這個你能不能理解？」

「肝癌末期了，你指標太低，這個一項項說明給你聽。」

「不好手術，轉移太快。那不是濕疹，是癌細胞。」

「家屬來嗎？」

腦海裡重播醫生說的內容，每個字都清晰，意思卻搞不明白，其中夾雜自己的一句詢問：「醫生，我還有多久？」

她記得主任沉默一下，說：「半年總有的。」

坐公車回鎮上，王鶯鶯望著車窗外，油菜花和麥田波浪起伏。她心想，小賣部的存貨，拿出來擦擦灰擺上。以前乾脆麵總留一箱給外孫，他飯不好好吃，啃起乾脆麵跟大田鼠一樣，上完高中，他漸漸就不愛吃了。現在促銷全送掉，回來看他氣不氣。

想到這裡，老太太笑了笑，眼睛有點澀。

她決定誰都不通知，如果劉十三知道她生病，恐怕要哭昏過去，他這個哭包，做起事綿軟軟，讓他做決定，還不如自己來。

之前額頭癢，以為蟲子咬的，塗藥膏不管用。鎮上的護士見到，跟她說：「阿婆，你這邊潰爛了呀，趕緊去大醫院看看，不要搞成皮膚病哦。」

她半夜癢醒，一撓，手指沾了小片碎皮。想想不對，起早去醫院。皮膚科的醫生居然讓她拍個片子，王鶯鶯以為醫院坑錢，老大不樂意。

片子拍出來，醫生說：「你重新掛個號，去腫瘤科。」

當時莫名其妙，接著醫生們輪流問診，主任都來了，問她，有沒有渾身乏力？有沒有低燒？抽個血驗一下吧。

折騰兩天，給了最壞的結果。

2

大清早，老李頭敲敲小賣部的窗戶：「嫂子？」

她忙回：「要什麼？」

老李頭說：「老規矩，一包菸。」

她自己叼著一根，教訓起別人：「少抽點，年紀這麼大，不曉得照顧身體？」

老李頭抬抬眼鏡：「買了這麼多年，你不也抽？」

王鶯鶯把菸摔出去：「二十。」

她一個人發了會兒呆，動不動就想到劉十三。平日也是時時刻刻想的，今天不一樣，可能來不及了。

王鶯鶯灑水，把地面掃乾淨，小賣部的窗玻璃擦得嘎吱響，走出院子，繞過院牆，後頭空地停著拖拉機。

柴油夠的，去外孫那兒，來回兩百公里，帶幾桶備用。

王鶯鶯吃力地爬到駕駛座，喘口氣，心想，這鐵疙瘩品質真不錯，跟了她這麼多年，配件換了幾套，踩下去力道十足，哐哐作響。

平時最遠開到縣裡進貨，城裡還沒去過，她望望腳下的水壺、一袋饅頭，穩穩心神，對拖拉機說：「走，接外孫去。」

踩下踏板，突突聲中，王鶯鶯向省道駛去。

3

中間休息了四五次，開到黃昏，拖拉機大燈照在路上，黃亮亮兩道子。進城幹道限行，拖拉機不給進，要繞小路。攔住王鶯鶯的交警挺客氣：「婆婆，這麼晚不安全，您先找地方休息，明天打車進城，一樣的。」

王鶯鶯更客氣，從車斗拎出一捆火腿腸：「小夥子值夜班餓吧？吃兩根墊墊肚子。對，我就是在賄賂你。」

交警苦笑：「你就算賄賂我，我也不能放啊。」

王鶯鶯遺憾地想，火腿腸規格不夠，早知道帶燻臘腸，不過沒關係，大路走不了，可以走小路。

她王鶯鶯運貨多年，看著星星從不迷失方向。拐錯路，掉頭，繞圈圈。一會兒跟在渣土車後面，一會兒躥進小道，丟香菸給人問路。七十整的王鶯鶯，駕駛拖拉機，入夜後兜兜轉轉，找到外孫說過的地址。

敲門都不用，門沒關，王鶯鶯嘀咕，壞人偷偷摸摸進來怎麼辦。開了燈，老太太看見自己的外孫，男孩腳邊一堆橫七豎八的啤酒罐。

男孩淚眼模糊地看著她，咧著嘴說：「王鶯鶯，你怎麼才來？」

王鶯鶯眼淚唰地掉下來，止都止不住，跌跌撞撞跑過去，抱著外孫，不停摸他腦袋，像他小時候一樣哄：「不哭不哭，外婆來了。」

「外婆，你怎麼才來啊，你到哪裡去了？你怎麼才來？」

喝醉的劉十三只會說這兩句話，意識不清，彷彿六七歲的小孩，滿肚子的委屈，自己那麼難過，外婆一直不來。

王鶯鶯抱著他，掉眼淚，翻來覆去說：「我的外孫哦，我的寶貝哦。」

她不明白，自己那麼要強的外孫，怎麼蓬頭垢面一塌糊塗的樣子。

劉十三緊緊抓著王鶯鶯的手，說：「外婆，我難受。」

「外婆給你煮湯喝。」

劉十三喃喃地說：「外婆，我是不是很糟糕？為什麼喜歡的人都要離開我？媽媽走了，牡丹也走了……」

祖孫兩人坐在地板上，靠著牆，劉十三嘴裡含混不清，王鶯鶯沉默好一會兒，說：「十三，你是不是很想媽媽？」

劉十三點頭：「作夢都想的，外婆，小時候喜歡躺在長凳上看雲，我以為，天上的雲會變成你想念的人的樣子，好幾次，我好像真看到了。長大一點點，學習要緊嘛，不專心去想她了，閒下來才想，可是沒有斷過，一天都沒有斷過。」

老太太的眼淚一串串掉。

「是我不好嗎？是不是我很小的時候特別討人厭？不然媽媽怎麼不要我？」

王鶯鶯說：「她有她的難處。」

劉十三認真贊同：「我也這麼想，只不過想不通。智哥說，想不通，不想，喝酒。」

他打開一罐啤酒，遞給王鶯鶯，豪爽地說：「酒逢知己，就是兄弟！你是外婆，也是我兄弟！乾杯！」

王鶯鶯跟他乾杯，咕嘟嘟喝啤酒，第一次講了個遙遠的故事。

4

你媽出生在一個島，海邊的，那裡有棋盤腳花，到了晚上才開。當時你外公在，開心得不得了。後來你外公沒了，家裡人只要你媽，趕我走，我就偷偷帶著她，回了雲邊鎮。

她十幾歲天天跟我吵，高中沒畢業離家出走，回來帶了個男的，就是你爸爸，說打工認識的。他們結婚，你媽肚子大了，還沒把你生下來，那個男的拿了家裡所有錢，跑了。

你媽上吊，沒死成，整天不說話。你兩歲的時候，她又要走。我說，你再走，就別回來了。她說，不能賴著我，死在外面也好。

她寫過兩封信，說結婚了，過得很好，就是很遠很遠，回不來。

我託人回信，說，你回來，我出錢。

她呀，再也沒有消息。我一直想，是不是過得不好，沒臉回來呢？

王鶯鶯絮絮叨叨，劉十三頭暈眼花，叨咕一句：「外婆，我活得很沒意義，想要的都得不到，算了，什麼都不要，死了算了。」

王鶯鶯心突突直跳，擦擦眼淚，氣得罵他：「你怎麼能亂想！四肢健全，受過教育，我們家又不是窮到吃不上飯，怎麼能說死字？年輕的時候就要走得遠遠的，吃好多苦，你怕什麼！家裡有人，我老太婆在，你就有家的，闖得出去，回得了家，才是硬梆梆的活法！」

劉十三趕緊摸摸王鶯鶯的背，幫她順氣，沒想到王鶯鶯反應這麼大。

王鶯鶯說：「就算我不在，你也要好好活。」

劉十三撐不住了，嘀咕：「外婆，你會不會永遠陪著我？」

王鶯鶯說：「外婆在的，一直在。」

劉十三睡著了，夢裡笑嘻嘻：「外婆長命百歲。」

5

行李捆成一包一包，一次性搬不動，慢慢搬。最後王鶯鶯蹲下身子，把劉十三的胳膊搭在肩上。

劉十三醉成一攤爛泥，不停往下滑。

王鶯鶯半揹著他，慢慢下樓。不像小時候的他，一隻手就能抱起來。樓道口，王鶯鶯停下來喘氣，唾沫星子一股血腥味。她扭頭端詳外孫，把他的頭髮攏好。

夜未央的省道，拖拉機等速前行，車斗顛簸，劉十三躺在裡面哼哼唧唧。王鶯鶯把拖拉機停到路邊，幫他翻身，等他吐完，拿毛巾蘸了水給他擦臉。

拖拉機開了一夜，劉十三吐了幾次。有次擦臉，劉十三醒來，恍恍惚惚的，以為回到了某個深夜，他喊著：「我不去，我不走，我要回家。」

王鶯鶯說：「好好，我們不去。」

劉十三眼淚滾下來：「我不去找她了，我不想見她，太傷心，我們不去找她。」

王鶯鶯哄他：「不去找不去找，我們回家。」

劉十三滿意地滾回車斗：「回家好，我想我外婆，我想她做的豇豆炒肉絲，我外婆真好，我跟你說，她一點都不兇，一點都不，她會打麻將，我們找她打麻將。」

王鶯鶯回到駕駛座，踩下油門，七十歲開著拖拉機，近乎一日一夜，整個後背濕了。省道塵土重，夜裡沒燈，王鶯鶯努力望著前方，淚水和汗水滑過皺紋。

外婆真想好好活下去，真想永遠陪著你，外婆在，你就有家。

現在怎麼叫她放心，老太太心痛，痛得快碎掉。生死是早晚的，可惜太快了。
馬達的突突聲中，王鶯鶯嗚咽的聲音被掩蓋得很好。

第十五章　除夕

山頂穿破雲層，
兩人彷彿站在一座孤島上，
海浪湧動，霧氣瀰漫。

1

主任說，癌症來的時候靜靜悄悄，不聲不響，一旦長大，摧枯拉朽。

主任說，住院沒有意義，她自己也想回家。老年人這種情況，都想回家。

主任遲疑一會兒，又說，運氣好的話，能撐到新年。

他開出配西汀，告訴劉十三，按照惡化程度，前兩個月她就很疼，撐到現在，已經不用管劑量大小，三小時一支，打在脊柱上。

外婆入院後，劉十三整宿整宿睡不著，一閉上眼，就想，王鶯鶯現在會多痛？鎮痛泵打完，她都痛到哀號。那前兩個月，她做飯的時候，會有多痛？她在家等待的時候，會有多痛？

他不敢想，念頭一起，難受得喘不過氣。

主任最後說：「一次不能開太多，用完過來取。高蛋白開兩瓶，延長生命用。收拾好東西，去辦出院手續吧。」

回到病房，王鶯鶯打過鎮痛泵，睡著一會兒，醒了，小口吃著程霜剝的龍眼肉。

劉十三聲音是啞的：「外婆，我們回家。」

王鶯鶯鼻下掛著氧氣管，精神不錯，聽說能回家，開心地催程霜扶她起來：「早說不要進醫院，耽擱幾天，趕上下雨。」她伸出胳膊，讓程霜給她穿外套，「最怕過個髒年，地都掃不乾淨。」

劉十三用手掐自己大腿，心痛得不行，勉強開口：「我去辦出院手續。」

他一出房門，王鶯鶯垮掉似的，身子一軟，程霜趕忙扶她緩緩往後靠，王鶯鶯搖頭，喘息著穿好衣服，坐在床邊。

她乾瘦的手，抖著去抓程霜的手，說：「小霜，外婆知道你的事，我去找羅老師聊過天。」她把程霜的手貼著胸口放，用盡全力貼著，似乎要用蒼老的身體去保護什麼，說：「別怕，小霜別怕，你這麼好的姑娘，老天爺心裡有數的，不會那麼早收你的。」

程霜眼淚嘩地下來了。

她笑著說：「外婆，我撐了二十年了，醫生都說是奇蹟，你也可以的。」

王鶯鶯一隻手握著她，另一隻手去替她擦眼淚：「外婆不成了，就想告訴你，你要喜歡那小子，是他的福氣。你要不喜歡，就別管他，隨他去，外婆留了錢給他，他能活下去的。」

程霜眼淚吧嗒吧嗒，王鶯鶯把她的手貼上自己的臉，程霜發現手心也是濕漉漉的，外婆也哭了，那個耀武揚威的王鶯鶯哭了。

程霜抱住她，懷裡的身體又輕又瘦，她哽咽著說：「外婆，你沒事的，我們都能活很久的……」

王鶯鶯笑了：「知道了，傻孩子，那，外婆就不說謝謝你了。」

在女孩的懷裡，老太太輕柔地說：「因為啊，一家人。」

回家後，王鶯鶯時而迷糊，時而清醒。清醒的時候，她讓劉十三取她照片，去年補辦身分證拍的，說這張照片好看，頭髮梳得時髦，留著放大當遺像。

講到自己好看，她口氣還很得意。

頭腦模糊的時候，劉十三緊緊握住她的手，老太太手心冰冷，一滴汗都沒有。她會無意識地流眼淚，說天太黑，走路害怕。劉十三把家裡的燈都打開，她還是說太黑。

臘月二十三，這幾天鶯鶯小賣部都有熟人。年長的婆孃們知道，喪葬的事劉十三不懂，一個個自發地忙前忙後。劉十三守在臥室，大家奇異地保持安靜，沒有吵醒睡著的王鶯鶯。

街道辦的柳主任告訴劉十三，他請了和尚，劉十三道過謝。

昏睡幾天的王鶯鶯突然咳嗽一聲，醒了，劉十三趕緊湊過去：「外婆，我在這兒。」

王鶯鶯瘦得皮包骨頭，輕微地喊：「十三啊。」

「外婆，是我。」

「我的外孫啊。」王鶯鶯手動了動，劉十三深呼吸，彎腰，臉貼著她的臉。

王鶯鶯說：「我的孫媳婦呢？」

王鶯鶯沒頭沒腦冒出這一句，劉十三一愣，旁邊程霜一直聽著，這時候握住王鶯鶯的手：「我也在呢。」

王鶯鶯轉動眼珠，看著兩個年輕人，說：「你們結婚嗎？」

程霜說：「結的。」

老太太說：「什麼時候？」

程霜說：「馬上。」

王鶯鶯笑了，笑意只迴盪在眼裡。她鬆開劉十三的手，從枕頭底下摸出一支錄音筆。她遞不動，攥著錄音筆，擱在床邊。

王鶯鶯彷彿很累很累，咕噥出最後一句：「十三，小霜，你們要好好活下去，活得漂漂亮亮的。」

然後她閉上了眼睛。屋內哭聲四起，一名和尚雙手合十，掌中夾著念珠，快速唸起經文。

南無阿彌多婆夜，哆他伽多夜，哆地夜他，阿彌利都婆毗，阿彌利哆，悉耽婆毗，阿彌利哆，毗迦蘭帝，阿彌利哆，毗迦蘭多。伽彌膩，伽伽那，枳多迦利，娑婆訶。

2

王鶯鶯臘月二十三走了，雲邊鎮已經滿滿過年的氣息。賣場放著〈恭喜恭喜〉，街角孩童炸起零散的爆竹聲，人們身上的衣服越來越鮮艷，年輕人陸續返鄉，笑容洋溢在每一張面孔上。

臘月二十四葬禮，和王鶯鶯有交情的，都來幫忙，人依舊少，快過年了，普通人還是害怕晦氣。劉十三拒絕了一切儀式，他只想讓王鶯鶯好好躺著，好好休息，好好在這個院子裡，能平靜地度過最後一夜。

臘月二十五火化，劉十三心中空空蕩蕩，一絲裂痕悄悄升起，疼得渾身都麻木了。但他沒有哭，他和程霜忙所有的事情，他要挺住，不然王鶯鶯會罵他。他甚至忘記了，程霜也沒經歷過，女孩戴著黑袖章，咬著牙和他一起撐著。

臘月二十六夜裡，飄起細密的雪花，清晨白了連綿的山峰，街道滿布腳印。除了超市，只剩賣兔子燈的、爆竹店和臘貨鋪子營業。家家戶戶開了自釀的米酒，隨便一個窗戶，都會飄出來蒸氣和醃菜肉絲包子的香味。小雪帶點冰珠，和著人們的歡聲笑語，在小鎮飄了一天。

臘月二十九小年夜，程霜掀開劉十三家門口的白布幡，屋簷掛著白條，滿院子的雪沒鏟，眼內全是一片白。正屋門檻後，花圈靠著台子，桌台上擺一幅老太太的黑白遺像，哪怕這幾天日日相見，她眼淚還是流了下來。

明天除夕，也是王鶯鶯的頭七。天氣預報說，晚上暴雪，上山的路政府用護欄封了。但劉十三一聲不吭，小心翼翼整理燈籠，萬一哪支蠟燭沒有芯子，點不著。

雪太大，上不了山，掛不了燈。程霜知道，但沒有勸他，無聲地蹲在他身邊，跟著整理燈籠。天黑後，程霜沒走，和劉十三一起，肩並肩坐在靈堂前，守好最後一夜。

後半夜，程霜頭耷拉在門框上，被凍醒，她起身，腿腳一陣酸，走到院子，一抬頭，鵝毛大雪撲落，燈光中翻飛不歇，跌在身上也不融化。

劉十三坐在桃樹下，默不作聲，全身是雪，頭髮衣服白了，不知道已經多久。

程霜坐到他身邊，沒有伸手去替他拍掉雪花，默默守著，讓夜空無數潔白不知疲倦地墜落。

慢慢地，院子裡的兩個人，變成雪人。

年三十，大雪封山，不能給王鶯鶯點燈，鎮上的人陸續冒雪而來，靈堂前鞠躬。劉十三和程霜一一回禮，送走大家。下午兩三點，就沒人來了，畢竟是除夕，儘早表了禮，還要過年。

黃昏時分，天就黑了。路燈打亮飛舞的雪花，爆竹震天響。小孩子成群結隊，提著花燈，到處拜年，到誰家喊一聲新年好，就收到一個紅包。歡笑聲，勸酒聲，闔家團圓有說不完的話，匯聚成河，流淌在雲邊鎮的街道。河流繞開一個院落，院內白素在寒風中擺動。

劉十三輕輕抱住程霜，說：「謝謝，羅老師會等你的，總得回去吃個年夜飯。」

程霜搖頭：「她說讓我看著你，我不走，怕你犯傻。」

劉十三勉強扯下嘴角，說：「怕我去點燈？不可能的，封路了，這麼多燈籠，我一個人怎麼掛。」

程霜認真地說：「如果你要去，我陪你。」她鼻子凍得通紅，昨夜雪中坐了半宿，渾身濕了，也沒回去換衣服，白天一個一個鞠躬回禮，這會兒臉上浮起不正常的紅暈。

劉十三說：「會感冒的，你回去洗個熱水澡，我就在這兒，不走。等你來了，我們一起把燈籠掛院子裡。王鶯鶯那麼厲害，看得見的。」

程霜哆嗦著往掌心呵了口氣，點頭說：「好，那你等我。」

3

彎腰鑽過山腳的護欄，鞋子陷進雪堆，劉十三把一盞燈籠繫在腰上，奮力拔出腳，手電筒光柱隨他吃力地動作，一陣亂晃。

他深吸一口氣，開始爬山。

這條山路，他上下過無數次。春夏秋冬，山巒綠了又黃，他見到沿路不同的色彩。大雪紛揚，原來山白色的時候，每一步都那麼艱辛。劉十三喘著氣，膝蓋以下濕透，心臟跳得飛快。他不能停，一停，羽絨服裡的汗水會把人冰僵，刀割一樣。

一腳下去，腳脖子就沒了。身後的腳印，只能依稀看見十幾個，一溜順著山道，蓋住只用幾分鐘。劉十三摔倒的次數都數不清了，從第二次開始，他解開燈籠，抱在懷裡，怕被壓壞。雪深不好走，一摔，陷進雪裡，也滾不下去，只是整個人爬起來，太吃力了。這跟自己的人生真像，咬牙已經沒有用了，摔不死，爬不動，自己喊著加油，挪一步拚盡全力。

一個多小時的山路，雪夜中，劉十三爬了七八個鐘頭。

劉十三踩到山頂的雪，鞋子不見了。他癱了一會兒，艱難地起身，手腳凍得失去知覺，連續試了幾次，才把燈籠掛在樹枝上。

他喃喃自語：「王鶯鶯，我沒本事點亮整條路了，就掛一盞，山頂掛一盞，你肯定能看見的。」胸口內兜幾個打火機，還有一瓶火油。劉十三點著燈籠，賣燈的師傅說，這盞防風，貴五十。

微弱的火苗，跳躍在山巔，驅開一圈小小的夜，圍著它四周，雪花晃悠悠。

樹底下碎石塊簡單搭好，撿些粗細不一的樹枝，澆上火油，劉十三點了堆粗糙的篝火。靠著樹幹，圍巾包住腳，頭頂就是隨風搖晃的燈籠，劉十三昏昏睡著。

雪停了。

4

劉十三醒來的時候，被人緊緊抱著。天色濛濛亮，篝火熄掉，山巔寒風逼人，他揉揉眼睛，看見程霜撲閃著眼睛，渾身裹得球一樣，正用一個小暖爐焐他的臉。

她笑嘻嘻地說：「我比你聰明，帶裝備了。在家我就知道不對，穿了兩條秋褲才出門。

果然，你上山了，還想騙我。」話出口，雖然她假裝輕鬆，聲音卻是抖的。

劉十三拿過小暖爐，抓在手心，焐她的手：「很冷吧？」

程霜癟著嘴，淚水從眼底漫上來，放聲大哭：「太他媽的累了，嗚嗚嗚嗚，我爬了他媽的十個鐘頭，嗚嗚嗚嗚，鞋子掉了好幾次，嗚嗚嗚嗚……」

劉十三手忙腳亂替她擦眼淚，手凍得僵，不聽指揮，擦得笨拙。程霜不管不顧，哭著喊：「外婆呢，外婆能看見嗎，她能找到路嗎？劉十三，我好難過啊，我怎麼這麼難過，外婆能找到路嗎？你說啊……」

雲的邊緣帶上金黃色，天際緩緩變亮，朝日從雲間拱出來，霞光無聲蔓延，翻騰的雲海似乎就在腳下。

山頂穿破雲層，兩人彷彿站在一座孤島上，海浪湧動，霧氣瀰漫。島上鋪滿白雪，一棵樹上掛著熄滅的燈籠，雲海之間孤立無援。

「將來要是我考不上大學，就回來幫你看店。」

「說不定我活不到那時候。」

「外婆，你去過外邊的，山的那頭是什麼？」

「是海。」

「老家就這麼好？」

「祖祖輩輩葬在這裡，才叫故鄉。」

「外婆，你會不會永遠陪著我？」

「外婆在的，一直在。」

望著這片山間的海洋，劉十三心想，我沒有外婆了。是啊，以後沒有人舉著笤帚，滿鎮子追他。沒有人一把掀開被子，拖他去吃早飯。沒有人叼著菸，拍他的後腦勺。沒有人擦著汗，在雲邊一家小賣部搬著箱子，等自己的外孫回家，一等就是一年。

眼淚終於滾出眼眶，努力壓了好幾天的悲傷，轟然破開心臟，奔流在血液，他嘶啞地喊：「王鶯鶯，你不夠意思！王鶯鶯，你小氣鬼！王鶯鶯，你說走就走，你不夠意思！」

5

柳絮一飄，春天不容置疑地到來。不管什麼乍暖還寒，柳絮就是飄了，飄遍雲邊鎮。人們放下去歲的哀愁喜悅，告訴自己，新的一年真正開始。

鶯鶯小賣部也沒凝固在冬天，暖風執意吹拂，把嫩葉的影子吹上雪白的牆壁，吹開了桃花。第一朵花苞冒出來的夜晚，樹下的劉十三打開那支錄音筆。

「喂？喂？」

王鶯鶯的聲音，老太太小心翼翼地試著：「十三啊？」

他回答：「嗯。」彷彿外婆站在面前跟他說話。

錄音筆的聲音很清晰。

十三，外婆有幾句話想跟你說，怕你不自在，就錄下來了。等我走了，你自己一個人聽。那，如果有一天你媽回來，我是等不到了，但萬一她肯回來，你碰到的話，幫我跟她說，我不怨她，讓她別太難過，她永遠是我的女兒，我永遠都盼著她好。

她去哪兒，嫁到再遠的地方，回不回來，都是我的女兒。

記住啦，別瞎講八道，你媽不容易，別怪她。她走那天，我在樹底下埋了一壇酒，等她回來，你陪她喝，就當我陪她喝的。

還有啊，老李的鐘錶鋪，我賣了。錢匯過去，老李不肯收。他說，給雲邊鎮小學的學生買保險，住在小鎮二十多年，人走了，留點印子吧，為鎮上小孩做點事情。我不會搞你那些單子，存摺在床頭櫃，如果你有空，去幫老李填一填。兔崽子，別亂花，不然揍死你。

還有什麼來著，哎，差不多了，怎麼關掉啊這個東西……

錄音筆裡傳來一陣窸窸窣窣，嘀地一響，雜音戛然而止。

劉十三仰起頭，三月的星空清澈。望著星群隱去，薄雲漸亮，他站了整個晚上。那天之後，桃花紛紛鑽出來，長大，花萼綻裂，花瓣細細伸展鋪開，薄薄地晃成一片粉紅。

連續一週，程霜拿來學生資料，劉十三默默填著單子。兒童意外險不貴，每份兩百多，老李頭的錢足夠交三年。八百多份了，不知不覺離一千份已經不遠，但劉十三並不惦記。這些是一個老人對這片土地的心意，他留給住了二十多年的這座山間小鎮。

有一天，劉十三發現，工作群裡侯經理不見了。侯經理離職還是調職，他沒問，那個賭約在他心中，早就不復存在。一筆筆努力談下來的單子，發往公司，他已經正常地領著薪水。

6

三月底，花瓣憑藉自身微小的重力落下，打著旋，悠悠地墜到地面，積成一層粉紅色。程霜帶了份早飯，燉蛋、速凍水餃、一個洗乾淨的蘋果。她照常把飯盒遞給劉十三，腳步卻沒離開。

程霜說：「跟你講點事，怕以後沒機會。喂，認真點，背下來，不許忘記。」

她自顧自地說：「十一歲那年，爸媽決定搬去新加坡，他們說機會再渺茫，也要試試看。我不願意去，寫了張字條，說對不起，讓他們再生個活潑健康的孩子。」

劉十三扭轉頭，看見女孩頭髮上飄下幾片桃花瓣。

「小阿姨跟我關係好，我自己坐車逃過來，遇見你。雲邊鎮多好啊，那麼溫柔那麼美，數不清的蜻蜓、螢火蟲，山上還能採到菌子。喂，你怎麼走神了，是不是在想牡丹！」

劉十三一怔，牡丹？這名字陌生起來了，他呆住，以為刻骨銘心永世不忘的人，已經不再記起。

上次想念牡丹是什麼時候？不知道了，也許是他賣完保險累得倒頭就睡那天，也許是毛婷婷結婚那天，也許是擔心王鶯鶯太難受，輾轉難眠那天。

他忘記牡丹，忘記的天數多了，再度載入記憶，連她長什麼樣都有點模糊。原來他並不如自己所想般深情，也不如自己所想般頹廢，真正的劉十三，一直在努力活下去。

程霜冷哼一聲：「其實我覺得，雲邊鎮最好的是你。那時候，你傻不拉嘰給我帶東西，我起早一睜眼，想，劉十三這個傻蛋今天會帶什麼？你這麼笨，只有我能欺負，別人都不行。後來，爸媽給小阿姨打電話，我接了，我媽哭著說，她對不起我，沒給我健康的身體，她求我回去，說有一點希望也要堅持。我想，那試試，只要我活著一天，他們就還有幸福。」

程霜嘻嘻一笑：「我很早熟吧？」

劉十三笑不出來，他板著臉：「說慢點，我怕背不住。」

程霜白他一眼：「我去了新加坡，做檢查，等報告，做手術，再複查。一年又一年，待的地方只有醫院和家。我說就算死，也不能當個文盲死了，於是爸爸請了家教。做作業的時候，我想著，你是不是上國中了，是不是上高中了，有沒有遇到野蠻的女孩子，還記不記得我？」

她悠悠地說：「我居然活著，一直活著。二十歲那年，媽媽跟我開玩笑，介紹男孩子給我。我想，自己永遠不知道能否有明天，突然死了，男孩子豈非很傷心？那我多麼對不起他。」

瞥了眼傻看著她的劉十三，她嘿嘿一笑：「我想來想去，要是我的男朋友是你，那就不會覺得對不起了。然後呢，二十歲生日前，我又溜出去了。

「你的地址，小阿姨告訴我的。誰知道啊，我帶上所有積蓄，漂洋過海去看你，跑到你上大學的城市，你居然真的不記得我了！」

程霜氣鼓鼓，劉十三嘿嘿撓撓頭：「你不也沒認出來。」

程霜哼了一聲，說：「你這個白癡，果然被別的女孩子欺負，那我要罩著你嘛，本來想把那個女孩子打一頓，怕你不捨得，就送你去見她。

「只是我爸媽來得太快，來不及跟你告別，就被他們抓到帶回去。」

劉十三輕聲問：「你是不是不能出醫院？」

程霜點頭：「那當然，天天得去。這輩子我就出來過三次，一次四年級，一次二十歲，還有一次，就是這趟啦。真好呀，每次都能找到你。」

劉十三微微發抖，眼眶酸了，他沒想到，開朗的程霜從沒接觸過外面的世界，他更沒想到，她每次冒險，都為他而來。

程霜滿不在乎，得意地說：「放心，這次不是偷溜出來的，吃藥沒意義了，手術安排在四月，所以放我自由行動。」

四月。劉十三心一顫。他不敢看程霜，他知道，失去這個女孩的時刻，似乎越來越近。

程霜拍拍裙子，裙褶裡掉落花瓣，她站直，含淚笑對劉十三：「所以，我要走啦。」

說完這句話，女孩的眼淚控制不住大顆大顆滾落。

劉十三呆呆的，他不能說別走。

女孩哭著說：「你不許跟我一起走，不許，如果手術失敗了，我死了，我會覺得對不起你。」

她哭得上氣不接下氣：「可是我走了，你怎麼辦，誰給你送飯？誰幫你找資料？你這麼沒用，廢物一樣，你發誓，你給我發誓，你會好好吃飯……」

程霜從沒這麼哭過，球球被帶走，外婆去世，雪夜爬到山頂，她都沒哭得這麼慘，因為她再難過，都惦記著，要安慰劉十三，一切會好的。

她哭著說：「你又懶，又傻，脾氣怪，說話難聽，心腸軟，腿短，沒魄力，也就作文寫得好點，土哩巴嘰，他媽的，我怎麼會喜歡你，可我就是喜歡你……」

曾經另一個女孩，兩年前平靜地對劉十三說，你挺好的，什麼都不用改，你是個好人，但我們不適合。

劉十三撥開她沾在臉上的髮絲：「你這麼哭，好醜啊。」

程霜又哭又笑：「你才醜，你醜出天際，世界第一醜。」

劉十三說：「我這麼差勁？」

程霜點頭：「對，你很差勁，一無是處，可我就是喜歡你，從小時候開始就喜歡你。」

劉十三向著桃花樹舉起手掌：「我會好好地吃飯，睡覺，活下去，活得越來越好，好到不得了。」

聽完他的誓言，女孩蹦蹦跳跳到門口，轉身，說：「最後兩句話。第一句，別來找我，如果我活著，肯定會來找你，不管你在哪裡，我都會找到你。」她伸手比劃，雙臂張開，「因為你呀，是我生命中那麼亮那麼亮的一縷光。」

女孩對劉十三露出明媚的笑容，笑容耀眼：「第二句，如果下次再相見，我們就結婚吧。約好了？」

劉十三用力點頭，無比鄭重：「好。」

程霜離開的時候，春風穿過雲邊鎮，花瓣紛飛，好像幸福真的存在似的。

7

辭職之後，劉十三申請到給福利院當義工的資格。負責他的春姊知道他跟球球的關係，叮囑他：「如果義工表現出對某個孩子的偏愛，會傷害到其他孩子。」

劉十三點頭答應，偷偷跟球球這麼說過，兩個人便有默契，在旁人眼裡只是普通的友好。

趁其他小朋友沒注意，劉十三會朝球球擠眉弄眼。小丫頭鬱鬱不樂的臉上，這時才能浮現出淡淡的笑容。

一次球球在走廊喝優酪乳，劉十三在廊下除草，兩人都沒看對方，低著頭聊天。

「來這裡之前，鎮上的小孩說我是神經病的女兒，殺人犯的孩子。我爸爸明明沒殺人，但他真的不對，真的犯法了，所以我也不會和他們打架。」

如果有人路過，只會看到球球捏著優酪乳盒子，小腿在走廊欄杆上一盪一盪，自言自語著什麼。

她身後戴草帽的青年義工停下工作，他聽到，球球第一次主動提起王勇。

球球吸溜一口優酪乳：「到這裡雖然吃不飽，可沒人會說你。好多小孩連爸媽都沒見過，身體還不好。比起他們，起碼我沒生病。」

劉十三迅速抬頭瞥了下球球，七八歲的小女孩，表情成熟得如同大人，她說：「所以你不要擔心啦，難道你一直在這兒陪著我？義工不賺錢的，你要是變成窮光蛋，我可不管你。」

劉十三扶扶草帽，埋頭繼續除草：「拉倒吧，我來第一天，是誰高興得直哭？再說，義工服務期只有一個月，我下次來只能明年咯。」

聽完這句話，球球沉默會兒，跳下欄杆，氣呼呼地把空優酪乳盒丟進垃圾桶，一溜小跑走開。

劉十三在的一個月，球球的表現出乎意料。原以為小霸王到了孩子堆，肯定作威作福，結果她不吵不鬧，甚至還被別人欺負。

食堂發飯，球球的餐盤被另一個小朋友碰掉。她還沒說什麼，小朋友先哭起來，喊來保育員，說球球拿盤子丟她。

劉十三忍不住想出來做證，球球微微衝他搖頭，跟保育員說對不起，是她沒端穩餐盤。保育員教育幾句，拉著那個哭的小朋友坐到另一桌。

劉十三重新拿餐盤給球球，扣上一份白菜炒肉，低聲問她：「為什麼不說實話？」

球球仰臉看他，露出讓他心酸的笑容：「要是跟他吵架，以後怎麼辦？你又不會一直在這裡。」

劉十三懂了，從球球進福利院那天開始，她就再也沒有靠山，沒有親人，所以她必須懂事，小心地保護自己。

他走的那天，小姑娘一節課都心不在焉，不停往窗外看。

劉十三收拾好東西，正要走出校門，春姊來告別，遞給他一張紙，是球球寫的第一篇作文。

春姊說：「老師讓小朋友們寫喜歡的動物，別的孩子寫小貓小狗，你猜球球寫的什麼？」

球球寫的是劉十三。

「我最喜歡的動物叫劉十三，他個子不高，非常窮，長得有點帥。」

春姊笑開花：「她居然寫你，哈哈哈哈，她一定特別喜歡你。我把這篇作文留下來，給你做個紀念吧。」

劉十三謝過春姊，跟她揮手告別。

8

劉十三頭靠車窗，手裡拿著一張紙，放在腿上。他閉著眼睛，車子一顛一顛，開向遠方，一滴淚水滴落紙張。

這個動物很奇怪，他家開小賣部，經常給我帶好吃的。小賣部在山裡，就像住在了雲朵邊上。小賣部裡還有太婆，和另外一個動物，我也很喜歡，叫程霜。

第十六章　我愛你

喝一杯酒，我們兩兩相忘。

寫一封信，我們地老天荒

1

盛夏海濱，劉十三平躺沙灘，寄宿的這家旅館前台說，這兒少有遊客來，沙子細膩乾淨，是個安靜的好地方。

他常常帶罐啤酒散步，雙腳伸進浪花，走到傍晚，會有居民遛狗，捲毛小狗吠叫著撲騰，主人腳步悠閒。

不去海邊的時間，他在民宿咖啡區寫東西。

前台小妹好奇，問：「你好嚴肅哦，是作家嗎？」

他搖頭：「我是保險業的，度年假。」

小妹說：「哦，那你是在寫報告啊，是不是業績太差，我看你經常寫哭的啦！」

劉十三笑了：「我雖然賣保險，但想試試寫小說。」

小妹不再打聽，旅行的文藝青年很多，劉十三最不文藝，居然賣保險。

他脫離工作一個多月，在這邊住了兩週，打算結束後找新公司。其間他走遍這座海邊小城，碰到老房子，他都會停頓下，進去晃悠半天。買了很多次鳳梨酥，沒見到老李頭。

年輕人機車飛馳，夜市小吃香噴噴，情侶吵架，女孩帶著哭音大喊，男孩吼回去，片刻後男孩緊緊摟住女孩，哭聲變成嗚咽。嚼一嚼檳榔，咬一口蓮霧，冰茶透心涼，棋盤腳真的夜裡開花。劉十三想知道，在這樣的城市結婚，生活，離開，那會是怎樣的呢？是不是像隔著山和海的一個夢？

終於，劉十三寫完了，結帳準備離開。前台小妹好奇地問：「你寫完了哦？」

「寫完了。」

「那你後面寄給我一本，會不會太麻煩？」

「不會。」

他記下小妹妹的聯繫方式，小心夾進背包。

2

二〇一七年農曆八月十五，雨後的山林生機勃勃，一道彩虹紮根天邊。世間萬物都是有故鄉的，劉十三佇立在他誕生的院子，和外婆說，感覺有人在想我們。

他經常說這句話，這次無人應答。

劉十三回過頭去，望見堂屋空蕩蕩。老房子的木門刻著一行字：王鶯鶯小氣鬼。

左手邊廚房門開著，灰白的灶頭熱一壺開水，在他眼中，恍惚有個小孩站在板凳上，努力揮舞鍋鏟，想炒一盤青菜，外婆進貨回來，可以給她吃。

風吹過，院門吱呀打開，清涼的水汽貼住他臉龐。他回來了，中秋要回來的。雲邊鎮的秋天，清爽又迷人。

劉十三對著桃樹說，你不在啊王鶯鶯，那就是你在想我了。

然後他的眼淚一顆一顆掉下來，說，我也很想你，外婆。

3

書店上架一本新書，儘管並沒有多少人關注，偶爾也有人拿起，讀到山裡有個小鎮，叫作雲邊鎮。扉頁寫著：為別人活著，也要為自己活著。希望和悲傷，都是一縷光。總有一天，我們會再相遇。

智哥發消息，邀請他去南京：「正好我要開演唱會，你就簽名送書，算是文藝界共襄盛舉。」

劉十三惴惴不安：「開演唱會？人很多吧，我帶多少本合適？」

智哥算了算，回覆他：「多帶點，起碼五十本。」

劉十三去福利院申請，被批准帶著球球過週末。他牽著歡天喜地的球球，走到上海路，酒吧不大，只能容下四五十人。

八點半左右，已經爆滿。下班的中年男人，附近的大學生，美麗的女白領，舉著杯子，大聲聊天。智哥是誰？很有名嗎？不重要。酒吧常客說，這駐唱的傢伙有兩把刷子。

智哥唱起了歌，歌名〈劉十三〉——

我有個朋友叫劉十三，
他的日子很平淡。
劉十三成績不好，
愛情被埋葬。
劉十三拚命工作，
吃嘛嘛不香。
賣賣保險寫寫書，
未來那麼長。
蝴蝶死在路上，
雲邊藏著念想。
有些人刻骨銘心，
沒幾年會遺忘。
有些人不論生死，
都陪在身旁。

相愛一起打算，
重逢不必計算。
那麼多年都算了，
人算不如天算。
喝一杯酒，
我們兩兩相忘。
寫一封信，
我們地老天荒。

朋友你別怕，
腳步別停啊，
生活未完待續，
一定跟得上。
哎呀呀，我的朋友劉十三。
劉十三，劉十三，
活著就不能算失敗。
劉十三，劉十三，

你不會就這麼完蛋。

曲調簡單，人們喝著啤酒，左右搖擺，一起跟著大聲唱：「劉十三，劉十三，活著就不能算失敗。劉十三，劉十三，你不會就這麼完蛋。」

角落幾個女孩唱著唱著，眼角有淚，不知道想起了誰。人們忘我地乾杯，大聲高唱，滿場都是整齊的吶喊：「劉十三，劉十三，活著就不能算失敗。劉十三，劉十三，你不會就這麼完蛋……」

球球問：「爸爸，他唱的是你嗎？」

劉十三摟住她：「算是，也不是。」

4

二〇一八年一月二十九，劉十三落地新加坡，旅行箱內衣服壓著幾本書。按羅老師給的地址，到了肯橋路。劉十三脫了厚重外套，這兒二十多度，天空一碧如洗，大街上都是黃皮膚的人走動。

按著羅老師的微信定位地址，劉十三走進公寓。開門的是位文雅的中年婦人，眼角帶著紋路，依舊是好看的杏仁眼，跟程霜的眼睛一模一樣。

「你是……」

劉十三緊張地鞠個躬：「阿姨好，我叫劉十三，程霜的朋友，想給她過生日。」

中年婦人微笑著看他許久，輕輕柔柔地說：「你就是她生前一直提起的劉十三啊。」

劉十三眼圈突然紅了。

中年婦人說：「你不聽話哦，她不是讓你別找她嗎？」她眼中淚光閃爍，「我跟她打賭，你一定會來，看來我贏了。」

「她給你留了東西。」程霜媽媽指著客廳中央掛著的畫。

那幅畫劉十三進門第一眼就看到了。

「最後幾天她拚命畫，她說，畫的名字叫《一縷光》。我不明白這個名字的意思，她說你肯定明白。」

劉十三當然明白，他站在畫前。

那是幅水粉畫，矮矮院牆，桃樹下並肩坐著兩人。斜斜一縷陽光，花瓣紛飛，女生的頭微微靠在男生肩膀上。

現實中他們沒牽手。而畫中的女孩，牽著男孩的手，陽光下的幸福美好到看不清。

畫下方，用鋼筆寫了幾行字，字跡娟秀，彷彿透著笑意：

生命是有光的。

在我熄滅以前，能夠照亮你一點，就是我所有能做的了。

我愛你，你要記得我。

後記

謝謝你能讀完這本小說。
寫給我們內心卑微的自己，
寫給我們所遇見的悲傷和希望，
和路上從未斷絕的一縷光。

寫給每個人心中的山和海。
寫給離開我們的人。
寫給陪伴我們的人。
寫給我們在故鄉生活的外婆。

我們下次再見。

文學森林 LF0105

雲邊有個小賣部

作者
張嘉佳
作家、編劇、導演，創作多元豐富。出生於江蘇南通，畢業於南京大學。
二〇一一年首次擔任電影編劇，以《刀見笑》榮獲第四十八屆金馬獎最佳改編劇本提名。
二〇一三年，他在網路上寫東西讓網友睡前讀，引發熱烈迴響。最後這些睡前故事集結成《從你的全世界路過》，陪伴每個讀者哭著、笑著，也化為他繼續寫作的力量。時隔五年，他懷抱創作初心推出全新長篇作品《雲邊有個小賣部》，帶著平凡小鎮青年劉十三的成長故事溫暖回歸。
其他出版作品：《讓我留在你身邊》、《幾乎成了英雄》、《情人書》。
張嘉佳微博：weibo.com/zhangjiajia

封面插畫、設計　微枝
書腰設計　詹修蘋
責任編輯　陳柏昌
行銷企劃　劉容娟、王琦柔
版權負責　陳柏昌
副總編輯　梁心愉

初版一刷　二〇一九年一月二十五日
初版五刷　二〇二二年十一月二十五日
定價　新台幣三六〇元

ThinKingDom 新經典文化
發行人　葉美瑤
出版　新經典圖文傳播有限公司
地址　10045臺北市中正區重慶南路一段57號11樓之4
電話　886-2-2331-1830　傳真　886-2-2331-1831
讀者服務信箱　thinkingdomtw@gmail.com
FB粉絲團　新經典文化 ThinKingDom

總經銷　高寶書版集團
地址　臺北市內湖區洲子街八八號三樓
電話　02-2799-2788　傳真　02-2799-0909
海外總經銷　時報文化出版企業股份有限公司
地址　桃園市龜山區萬壽路二段三五一號
電話　02-2306-6842　傳真　02-2304-9301

雲邊有個小賣部 / 張嘉佳著. -- 初版. -- 臺北市：
新經典圖文傳播, 2019.01
320面；14.8×21公分.--（文學森林；LF0105）
ISBN 978-986-96892-8-1（平裝）

857.7　　107023954

Original title: 雲邊有個小賣部 By 張嘉佳
由中南博集天卷文化傳媒有限公司授權出版